Illustrierte Einführung in die **Schlossöffnung**

standard publications, inc.

Zweite Auflage 2.1

Illustrierte Einführung in die
Schlossöffnung

Mark McCloud

Illustration
Gonzalez de Santos

Lektoren
Lynard Richmar
Laura Neff

Übersetzung
Jens Borgwardt

standard publications, inc.

Cover design: Mano Kime
Layout editor: Hori Hashimoto
Produktionsleitung: Rene Isaacs
Herausgeber: Standard Publications, Inc.

Standard Publications, Inc.
Urbana, Illinois 61825

Der Verleger bietet Mengenrabatte an, wenn dieses Buch in größeren Mengen bestellt wird.

ISBN 0-9722691-7-7

Gedruckt in den Vereinigten Staaten von Amerika

Standard Publications, Incorporated

www.standardpublications.com

Auszug aus der Ausgabe der Edinburgh Encyclopædia von 1832

Das SCHLOSS ist ein weit verbreitetes Instrument zur Sicherung von Türen, Truhen usw. und um daran zu hindern, selbige ohne den dazugehörigen Schlüssel zu öffnen. Das einfache und gewöhnliche Schloss besteht aus einem Bolzen, der im Allgemeinen in ein Metallgehäuse eingemessen ist, um eine Vor- und Rückbewegung zu erlauben. Der Bolzen sollte auf allen Seiten umschlossen sein, und zwar in einer solchen Art und Weise, dass jeglicher Zugriff unterbunden wird, außer durch eine kleine Öffnung, durch die ein Schlüssel eingeführt wird. Diese Öffnung sollte innerhalb des Schlosses von mehreren Sperrscheiben oder Metallteilen umgeben sein, die eine unregelmäßige und unterbrochene Passage formen, um die Einführung eines unangebrachten Instruments oder eines falschen Schlüssels zu und somit ein Aufbrechen des Schlosses, um den Bolzen zurückzuziehen, zu unterbinden. ... In der Tat könnte eine böswillige Person sich mit einer Sammlung von Schlüsseln - sogenannten Dietrichen oder Picks - ausrüsten, mit denen man nahezu jedes Schloss, das nach diesen Prinzipien konstruiert ist, öffnen kann. Ein Dietrich ist ein Schlüssel, der so konstruiert ist, dass nur das äußerste Ende des Stiftes, das den Bolzen bewegt, Ähnlichkeit mit einem tatsächlichen Schlüssel hat, wobei der Rest derart reduziert ist, dass er gerade noch stark genug ist, den Bolzen zu bewegen, ohne zu zerbrechen. Es ist leicht zu erkennen, dass ein solcher Schlüssel nicht auf viel Widerstand durch Sperrscheiben stoßen wird, da nur sehr wenig solides Metall verbleibt. ...

Um ein Schloss zu bauen, das von diesen Nachteilen frei ist, haben sich viele scharfsinnige Mechaniker der Sperrtechnik zugewandt. In der Tat, die Aufgabe, Besitz vor dem Zugriff anderer zu schützen, ist so wichtig, das nur wenigen Instrumenten so viel Schweiß und Erfindungsgeist zugedacht wird wie Schlössern.

Die meisten Erfindungen für Schlösser sollten einen besonderen Vorteil haben, wie beispielsweise Widerstand gegen Gewalt oder Sicherheit gegen Brechen. Einige Spekulanten haben an einem ganz anderen Prinzip gearbeitet – dem des Anschließens des Schlosses an einen Alarm, einer großen Glocke, einer Art Schusswaffe usw., und zwar in einer solchen Art und Weise, dass jeglicher Versuch das Schloss zu picken eine Glocke läuten oder einen Schuss abfeuern würde; also somit einen solchen Lärm und eine solche Verwirrung hervorrufen würde, dass der Eindringling die Flucht ergreifen würde. Unsere begrenzten Möglichkeiten erlauben uns nicht, auf die Details all dieser Systeme, die zur Sicherung von Schlössern vorgeschlagen wurden, einzugehen; aber wir werden diejenigen nennen, die aufgrund ihrer Bewährung gebräuchlich geworden sind. ...

Das Thema Schlösser ist derart umfangreich, dass es unsere begrenzten Möglichkeiten bei weitem überschreitet, eine Beschreibung aller unterschiedlichen Formen und Zusammenstellungen, die von verschiedenen Seiten vorgeschlagen wurden, zu geben. (J.F.)

Inhalt

Einführung 9

1 **Besatzungsschlösser** 12
- Besatzungsschlösser bestimmen 12
- Wie Besatzungsschlösser funktionieren 12
- Beispiel Scheibenvorhängeschloss 14
- Besatzungsschloss öffnen 18

2 **Stiftzylinderschlösser** 26
- Stiftzylinderschlösser bestimmen 26
- Wie Stiftzylinderschlösser funktionieren 26
- Standard Werkzeuge 30
- Schlüsselloser Zugang 36
- Harken 38
- Picken 40
- Übungen 46
- Shims 48
- Umgehungsöffnung 51
- Schlag- und Vibrationsöffnung 52

3 **Moderne Stift Schlösser** 58
- Zylinderkern Dreher 59
- Abgerundet und Abgeschrägt 60
- Generalschlüssel 64
- Hoch-Sicherheitsstifte 68

4 **Scheibenschlösser** 74
- Doppel-Scheibenschlösser 76
- Scheibenschlösser öffnen 78

5 **Schlussbemerkungen** 82

Glossar 84

RECHTLICHE HINWEISE 93

Einführung

Bevor Sie weiterlesen, müssen Sie sich bewusst machen, dass die Schlossöffnung, auch Schloss Picken genannt, eine Kunstform ist. Ihnen kann genau gesagt werden, was zu tun ist, aber anfangs werden Sie vermutlich nicht erfolgreich jedes gewünschte Schloss öffnen können. Wie die meisten erlernten Fingerfertigkeiten, so erfordert auch das Schlossöffnen Übung, viel Übung. Dieses Buch stellt Ihnen die verschiedenen Methoden und Techniken, sowie die erforderlichen Werkzeuge, vor, die beim Schlossöffnen angewendet werden können. Es bietet Ihnen außerdem eine kurze Übersicht darüber, wie Schlösser funktionieren, damit Sie sie besser verstehen können. Sie werden feststellen, dass dieses Wissen oftmals höchst wertvoll ist. Dieses Buch versucht nicht, sich mit den legalen Aspekten des Schlossöffnens auseinander zu setzen. Es ist Ihre Verantwortung, sich mit den Gesetzen und Richtlinien, die in Ihrer Gemeinde, Ihrem Bundesland oder Land gelten, bekannt zu machen. Tun Sie nichts Illegales. Punkt um! Sie werden feststellen, dass es viele legitime Umstände gibt, bei denen die Fähigkeit ein Schloss zu öffnen durchaus von Nutzen sein kann.

Die eigentlichen Methoden des Schlossöffnens sind in Wirklichkeit recht simpel. Sie nutzen lediglich das Design des Schlosses, um es ohne Schlüssel zu öffnen. Diese Techniken anzuwenden, kann sich jedoch als ziemlich schwierig erweisen. Mit etwas Übung werden Sie feststellen, dass Sie ein Schloss, für dessen Öffnung Sie ursprünglich eine Stunde benötigten, schon nach 10 Minuten nachgibt. Ein Schloss, für das Sie 5 Minuten brauchten, kann jetzt vielleicht in wenigen Sekunden geöffnet werden. Um so weiter Sie Ihre Fertigkeiten verfeinern, desto effizienter werden Sie arbeiten können.

Vergegenwärtigen Sie sich immer, warum Sie ein Schloss öffnen und vergessen Sie nicht, dass es oftmals einen einfacheren Weg gibt, auf dem Sie das Schloss gänzlich umgehen können. Stellen Sie sicher, dass Sie einen guten, legitimen und legalen Grund haben, zu tun, was Sie tun. Zum Beispiel gibt es viele professionelle Schlüsseldienste, die ein gutes Auskommen mit dem Schlossöffnen haben. Polizisten, Notfall-Personal und Zauberkünstler werden oft gerufen, um Schlösser im Rahmen ihrer beruflichen Tätigkeit zu öffnen.

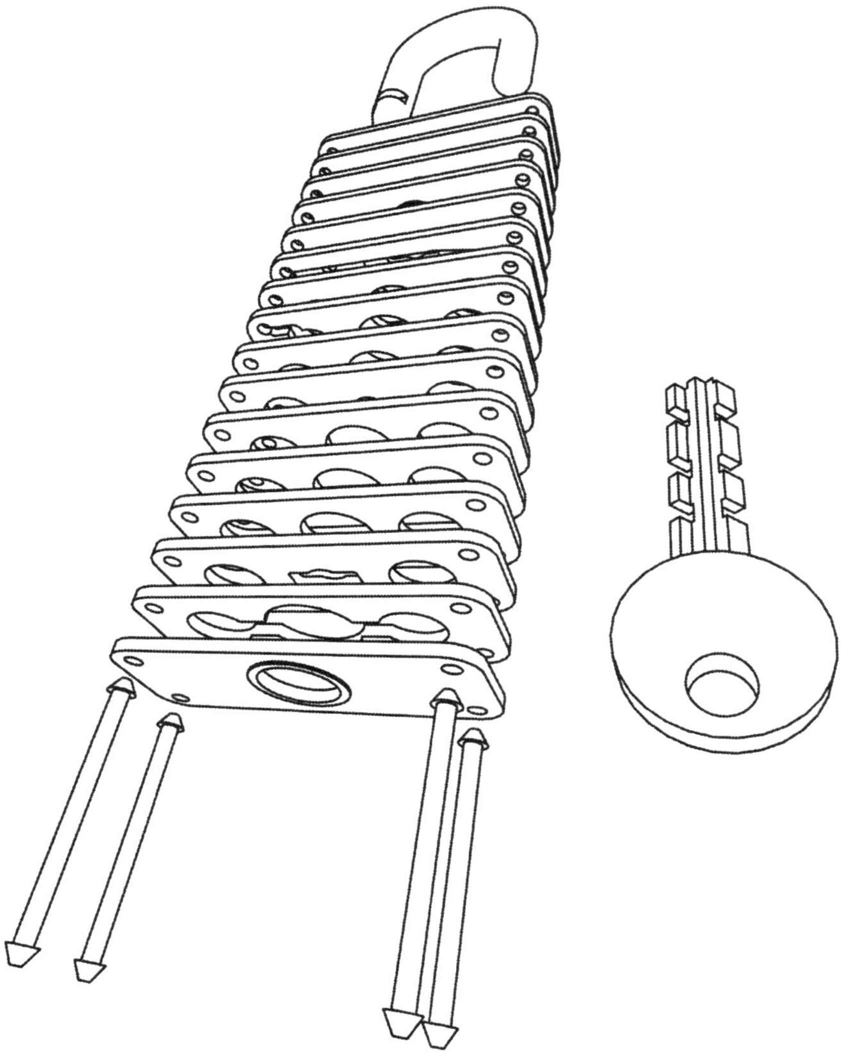

1

Besatzungs-schlösser

Besatzungsschlösser

Besatzungsschlösser sind vermutlich die älteste Art Schloss in Existenz. In der modernen Zeit sind Besatzungsschlösser für die meisten Anwendungen überholt. Da es so einfach ist, sie zu brechen, bieten sie nicht viel Sicherheit. Nichtsdestotrotz sind sie noch immer nützlich und besser als gar nichts.

Besatzungsschlösser wurden schon zu römischen Zeiten populär. Über viele Jahrhunderte haben die Handwerkszünfte die Schlosstechnologie streng überwacht, von der genauen Herstellungsweise bis zur Kontrolle, wer die Schlosserei erlernen durfte. Besatzungsschlösser waren damals der Standard. Um die Sicherheit zu erhöhen, sind die alten Chinesen und Russen dazu übergegangen, das Schlüsselloch in komplizierten Kunstwerken zu verbergen - in der Hoffnung, so die Sicherheit der Besatzungsschlösser zu verbessern. Die immensen Dimensionen einiger wichtigen Schlösser boten einen weiteren Grad der Sicherheit und erschwerten es, sie zu öffnen. Mittelalterliche Europäer gingen sogar soweit, Hand- und Fingerfallen einzubauen, die die Gliedmaßen derjenigen, die es wagten einen falschen Schlüssel einzuführen oder sich sonst wie am Schließmechanismus zu schaffen zu machen, einfingen oder gar amputierten. Diese waren bis ins frühe zwanzigste Jahrhundert hinein in vielen Anwendungen, einschließlich Türschlössern, populär.

Besatzungsschlösser bestimmen

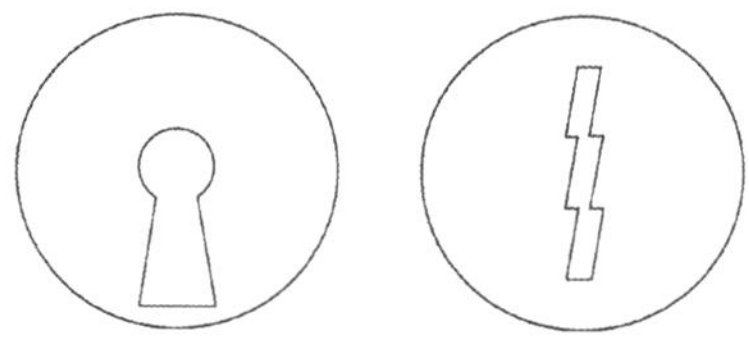

Beispiele für Besatzungsschlosslöcher

Heutzutage können Besatzungsschlösser in billigen Vorhänge-, Möbel-, Handschellen- und Gepäckschlössern angetroffen werden.

Wenn das *Schlüsselloch* in etwa den nebenstehenden Zeichnungen entspricht, handelt es sich sehr wahrscheinlich um ein Besatzungsschloss. Die Schlüssel für diese Art Schloss gleiten meistens ohne Reibung oder Widerstand in das Schlüsselloch hinein und wieder aus dem Schlüsselloch heraus. Aber ausschlaggebend ist, dass keinerlei Stifte oder Scheiben sichtbar sind, wenn man in das Schlüsselloch hinein schaut.

Wie Besatzungsschlösser funktionieren

Wenn Sie ein Schloss öffnen, ist das Ziel gewöhnlich, den *Verschlussbolzen* irgendwie zu drehen, zu bewegen oder in sonst einer Weise zu aktivieren. Dieser Verschlussbolzen wiederum befreit den Bogenriegel, den Bolzen, oder sonstigen Rückhaltemechanismus.

Lassen Sie uns damit beginnen, einen vereinfachten Mechanismus zu betrachten. Dies würde aus einem Schließkanal, dem Schlüsselloch, und dem Verschlussbolzen bestehen, der durch den Bart des Schlüssels gedreht wird. Die untenstehenden Zeichnungen stellen diese Art Schloss dar.

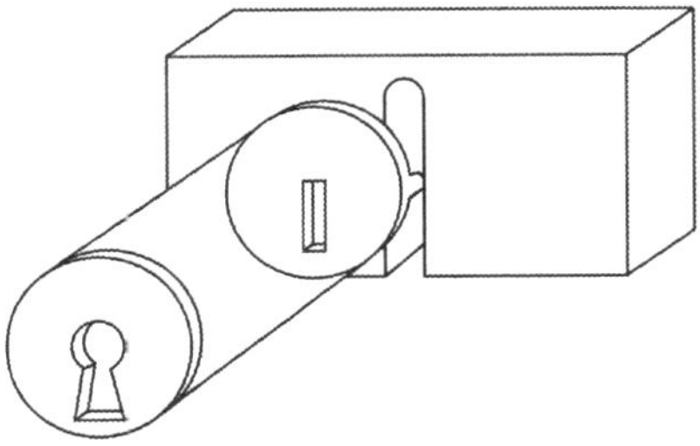

Einfaches Schloss – abgeschlossen

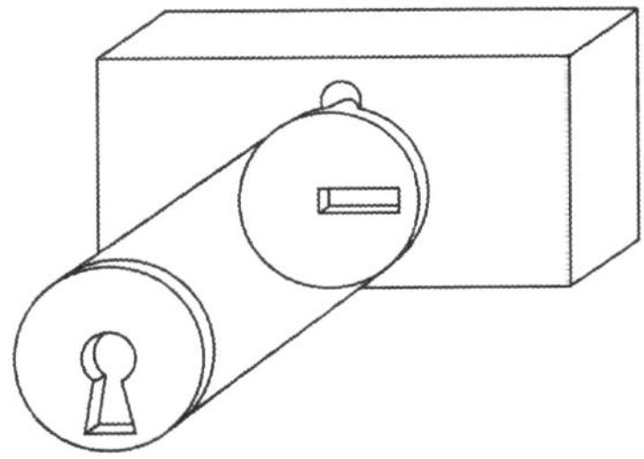

Einfaches Schloss - aufgeschlossen

Besatzungsschlösser führen dieses Konzept einen Schritt weiter. Sie haben einen Satz von *Scheibenriegeln* im Schloss. Sperrscheiben sind schlichtweg Hindernisse, die sich jedem, außer dem korrekten Schlüssel, in den Weg stellen. Dies bedeutet, dass alle Schlüssel für eine bestimmte Art Schloss den gleichen Bart zum Drehen des Verschlussbolzens haben. Sie verfügen auch über *Kerben*, die so arrangiert sind, dass sie die Scheibenriegel ihres speziellen Schlosses umgehen. Unterschiedliche Schlüssel haben unterschiedliche Kerben; jede ist speziell für ihr eigenes Schloss geformt. Der richtige Schlüssel funktioniert einfach nur, weil er Kerben hat, die sich genau an die Scheibenriegel anpassen und so erlauben, dass er frei gedreht werden kann. Da jedes Schloss die Scheibenriegel an anderer Stelle hat und die Kerben genau passen müssen, kann theoretisch nur der richtige Schlüssel das Schloss öffnen.

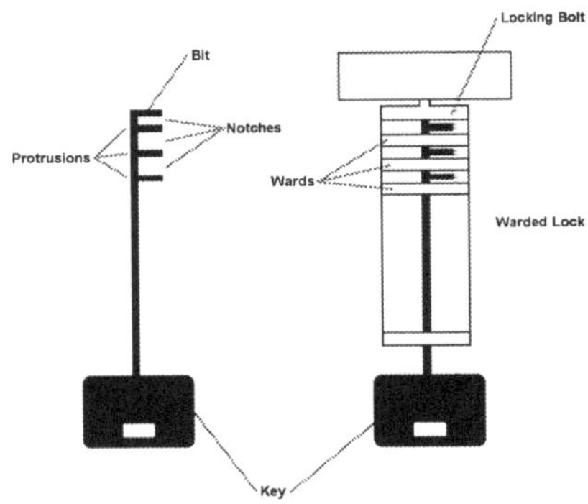

Bauteile des Besatzungsschlosses

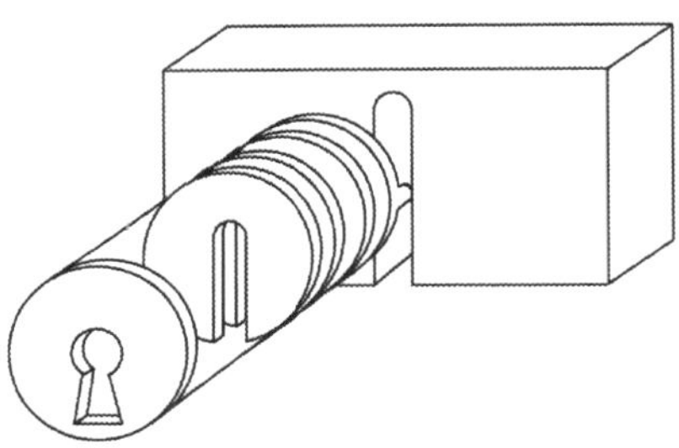

Besatzungsschloss - abgeschlossen

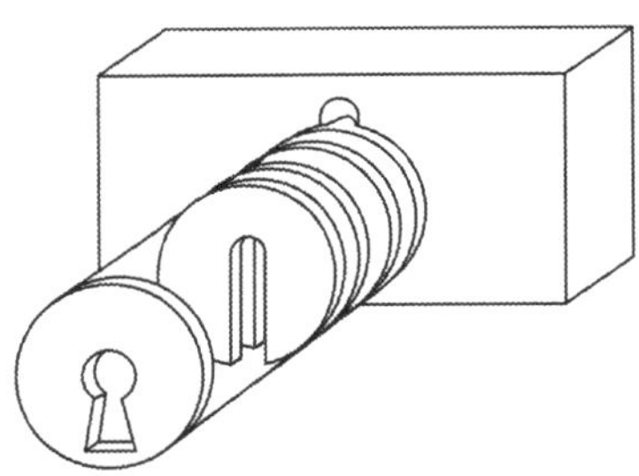

Besatzungsschloss - aufgeschlossen

Beispiel Scheibenvorhängeschloss

Scheibenvorhängeschlösser sind nicht so weit verbreitet wie Stiftzylinderschlösser. Man kann ihnen allerdings noch überall begegnen, einschließlich bei ihrem Eisenwarenhändler. Auf den ersten Blick können sie sogar ganz genau wie Stiftzylinderschlösser aussehen, abgesehen vom niedrigeren Preis. Bei näherer Untersuchung erkennt das geübte Auge das offensichtlich minderwertige Schloss. Wir führen Sie Schritt für Schritt durch die Funktionen des gemeinen Scheibenvorhängeschlosses, damit Sie besser verstehen können, wie sie funktionieren and wie sie geöffnet werden.

Ein Weg, ein Scheibenvorhängeschloss zu identifizieren ist über das unverwechselbare Schlüsselloch. Das Schlüsselloch besteht vielfach aus einer kleinen, frei drehenden Scheibe mit einem zackig eingeschnittenem Loch. Dieses Loch fungiert als eine Art Sperrscheibe. Nur ein Schlüssel mit passendem Profil und Zuschnitt kann eingeführt werden. Die somit gegebene Sicherheit durch dieses Design ist ziemlich gering and Sie werden viele Werkzeuge finden, die leicht durch diese Schlüssellochsperrscheiben passen.

Wie Sie der unten stehenden Darstellung entnehmen können, besteht das Vorhängeschloss aus vielen Metallplatten, die aufeinander gestapelt sind und mit vier Stiften zusammengehalten werden. Die meisten dieser Platten bieten drei Löcher, zwei für den Bogenriegel und eines für den Schlüssel. Einige von ihnen sind aber extra für besondere Zwecke entworfen. Zum Beispiel, anstatt eines runden Schließkanals, haben einige der Platten flache Einschnitte, die zwar den Schlüssel durchlassen, aber keine Drehung erlauben. Diese Platten fungieren als Absperrscheiben. Der Schlüssel kann leicht durch sie hindurch gleiten, wenn Sie ihn in das Schloss einführen, aber wenn Sie versuchen, den Schlüssel zu drehen, wird die Absperrscheibe das verhindern, es sei denn, der Schlüssel ist an der Stelle dünn genug geschnitten, um an dieser Einkerbung gedreht werden zu können. Durch schlichtes Umarrangieren der Platten können Sie unterschiedliche Schlüsselkombinationen erstellen.

Scheibenvorhängeschloss

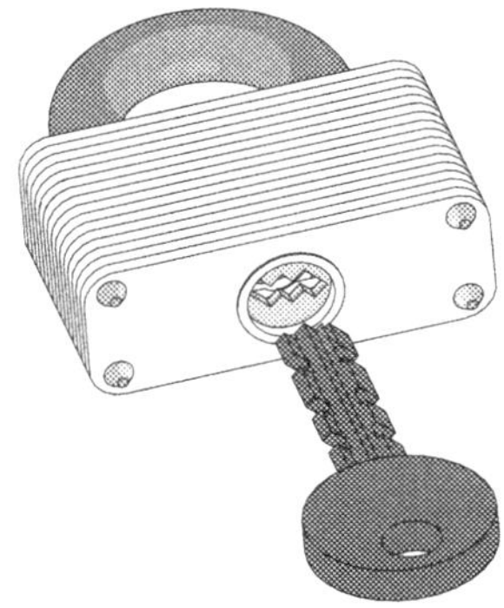

Schlüssellochscheiben

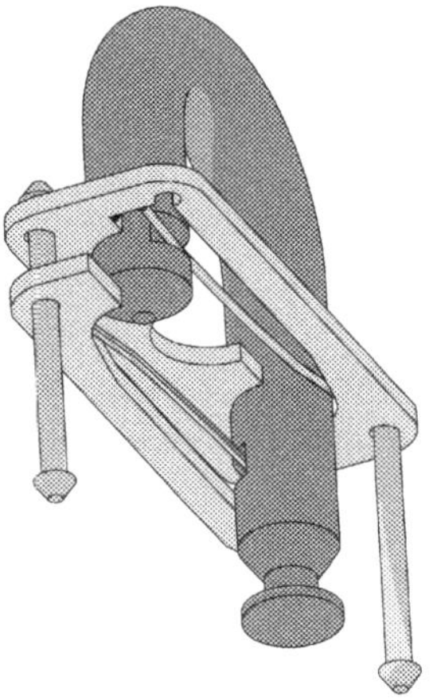

Geschlossener Bügel

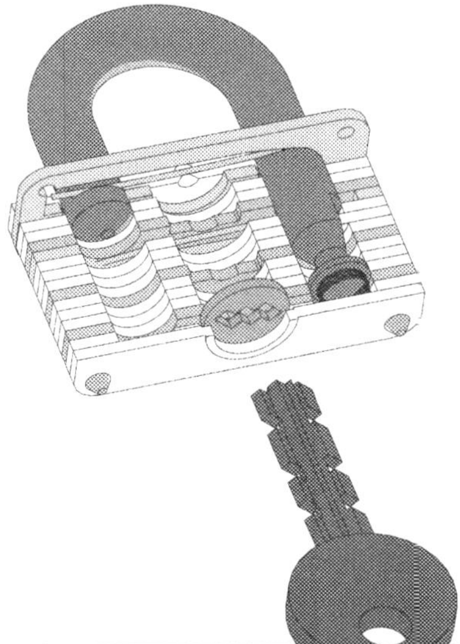

Scheibenvorhängeschloss Aufschnitt

Wir werden jetzt das Schloss genauer in Augenschein nehmen, um zu verstehen, wie es funktioniert. In diesem Beispiel sind zwei der Platten besonders konstruiert und stellen somit den eigentlichen Schließmechanismus dar. Die oben stehende Darstellung zeigt nur diese beiden Platten und wie sie den Verschlussbügel halten. Jede von ihnen hat eine Metallfeder, die sich in einer Kerbe im Bügel befindet. Solange sich dieses kleine Metallstück in der Kerbe befindet, kann der Bügel nicht angehoben werden und verbleibt im Schloss. Der Schlüssel oder ein anderes Werkzeug biegen diese Metallfeder einfach aus dem Weg. Sobald sie aus der Kerbe entfernt ist, kann der Bügel das Schloss verlassen und eine andere Feder drückt den Bügel raus. Es ist wichtig zu beachten, dass dieses Schloss zwei Metallteile hat, die den Bügel halten, eines auf jeder Seite des Bügels. Das Schloss wird sich nicht öffnen lassen, wenn nicht beide Metallteile gleichzeitig aus dem Weg geräumt werden.

Diese komplette Schnittansicht stellt dar, wie alles zusammen passt. Die Verschlussscheiben und –platten wurden schattiert, um ihren inneren Aufbau zu demonstrieren. Sie können erkennen, wie sie umgesetzt werden können, um einen anderen Schlüssel zu erfordern. Jede Seite des Bügels hat eine Haltefeder auf den gegenüberliegenden Seiten des Schlosses. Eine Seite des Schlüssels muss die Feder runterdrücken, während die andere Hälfte des Schlüssels die Feder aufwärts drücken muss.

Wenn der Schlüssel in das Vorhängeschloss eingeführt wird, gewährleistet die Form des Schließkanals, dass nur die korrekte Art Schlüssel verwendet werden kann. Wenn Sie allerdings die Aufschnittansicht betrachten, wird Ihnen auffallen, dass diese Lochform nur am Schlosseingang zum Schließkanal vorhanden ist und dass Sie viele andere Werkzeuge oder sogar Schlüssel finden können, die hindurch passen. Nahezu jedes flache Metallteil wird dies bewerkstelligen können.

Wenn der Schlüssel nur teilweise in das Schloss eingeführt wird, können die Vorsprünge des Schlüssels, wenn Sie versuchen ihn zu drehen, mit den Verschlussscheiben kollidieren. Wie sie im ersten unten stehenden Bild erkennen können, gibt es eine Scheibe, die den Schlüssel daran hindert gedreht zu werden. Es ist ausreichend groß, um die Einführung des Schlüssels zu erlauben, nicht aber ein Drehen. Der Schlüssel kann manchmal so teilweise in das Schloss eingeführt sein, dass die Kerben an den falschen Scheiben anliegen und eine freie Drehung erlauben. Allerdings können die Spannzapfen des Schlüssels eventuell nicht in der richtigen Position sein, um die Federn, die den Bügel halten, zu bewegen. Es ist also ausschlaggebend, dass Ihr Schlüssel nicht nur keine Vorsprünge hat, die mit den Scheiben kollidieren, sondern auch Spannzapfen an den erforderlichen Positionen hat. Es kann auch, wie in diesem Beispiel, erforderlich sein, dass der Schlüssel mehr als nur einen Spannzapfen hat. Einige Schlösser erfordern nur einen Zapfen am Endes des Schlüssels, andere nicht. Die Schlüsselspitze ist nicht die einzige mögliche Position für den erforderlichen Zapfen. Einige Besatzungsschlösser können sogar noch merkwürdigere Scheibenformen haben, um zusätzliche Sicherheit zu bieten.

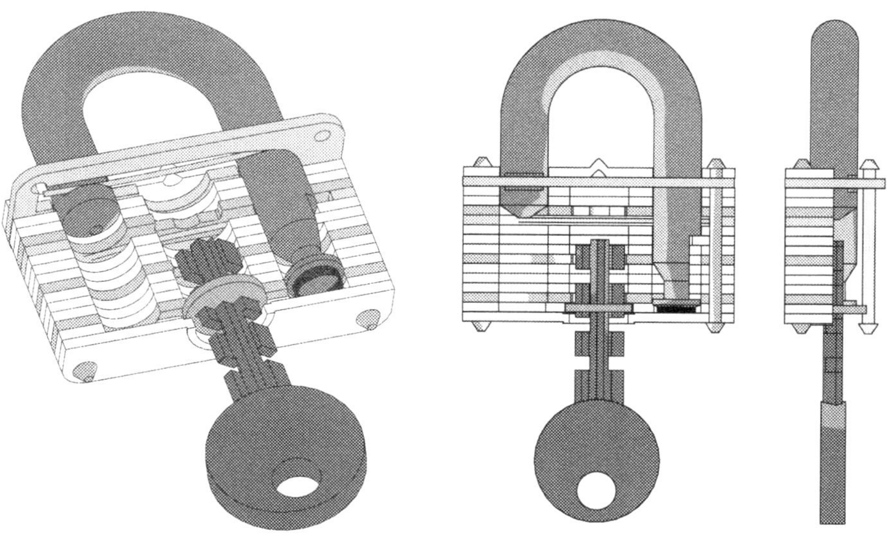

Schlüssel teilweise im Scheibenvorhängeschloss

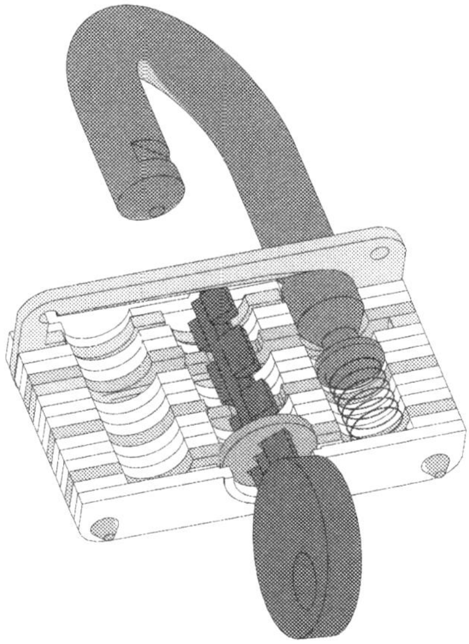

Scheibenvorhängeschloss - geöffnet

Wenn der richtige Schlüssel gänzlich eingeführt ist und gedreht wird, drückt er beide Metallteile aus den Kerben des Bügels heraus. Der Bügel wird somit freigegeben, so dass er aus dem Schloss herausspringen und drehen kann. Normalerweise befindet sich eine Feder im Schloss, die den Bügel automatisch rausdrückt. Dieses Beispiel für ein Vorhängeschloss hat solch eine Feder. Hier gibt es sogar eine Extra-Scheibe, die den Bügel daran hindert aus dem Schloss heraus zu schießen, wenn es geöffnet wird. Die meisten gewöhnlichen Vorhängeschlösser haben einen ähnlichen Mechanismus, der den Bügel mit dem Schloss permanent verbunden hält, selbst wenn es geöffnet ist.

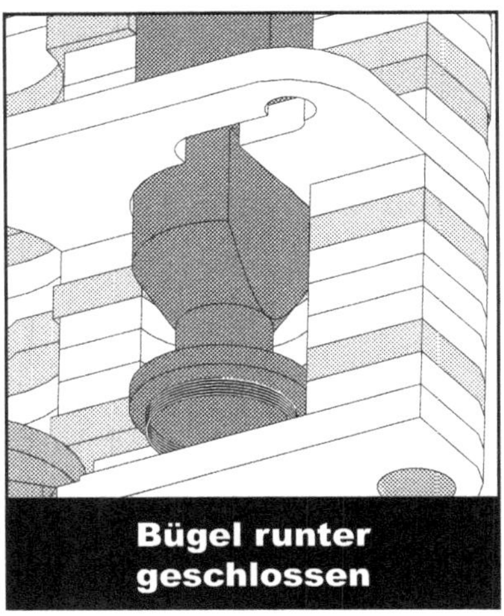

Bügel runter geschlossen

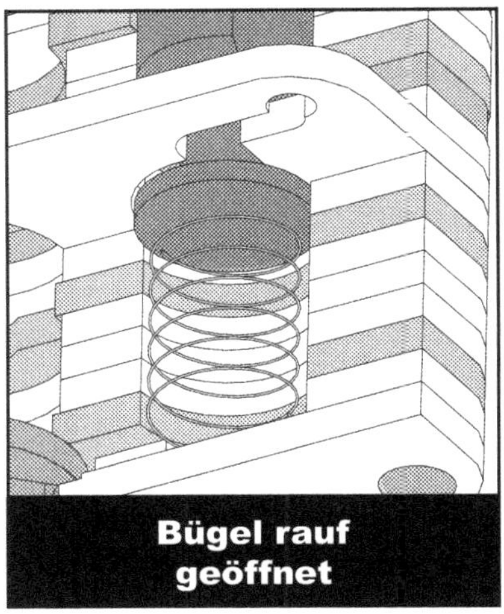

Bügel rauf geöffnet

Besatzungsschlösser öffnen

Besatzungsschlösser zu öffnen ist relativ einfach. Sie brauchen nur den Verschlussbolzen zu bewegen. Unseligerweise stehen Ihnen dabei die Verschlussscheiben im Weg. Der einfache Weg Verschlussscheiben handzuhaben ist, sie schlichtweg zu umgehen. Wenn Ihr Schlüssel keine Metallzapfen hat, denen sich die Scheiben in den Weg stellen können, dann werden die Scheiben sie nicht am Drehen hindern. Lassen Sie uns also noch einmal das einfache Schlossdesign betrachten, dass wir oben bereits beschrieben haben. Lassen Sie uns einen Schlüssel mit nur einem Stamm und nur einem Zapfen konstruieren. Der Zapfen hat die Funktion, den Verschlussbolzen zu drehen. Der Stamm hat keine Obstruktionen, die mit den Scheiben in Konflikt geraten könnten. Dieser Schlüssel würde nur das absolute Minimum an Metall haben, um ihn funktionsfähig zu machen. Solch einen Schlüssel nennt man Dietrich oder Pick.

Die beste Methode ein Scheibenzuhaltungsschloss zu öffnen, ist eine Sammlung von Dietrichen oder Picks für die verschiedenen Arten von Besatzungsschlössern. Probieren Sie jeden in Ihrem Pick Set an dem Schloss aus. Führen Sie den Pick so weit Sie können ein und versuchen ihn zu drehen. Wenn das nicht funktioniert, probieren sie ihn ein wenig hin und her zu bewegen und gehen dann zum Nächsten über. Je nachdem, um welche Art und Form von Scheibenzuhaltungsschloss es sich handelt, werden Sie einen besonderen Dietrich benötigen. Es gibt Generalschlüsselsets, die Sperrtechniker unter den meisten Umständen erfolgreich benutzen können. Oftmals ist nichts weiter als ein einfacher gebogener Draht oder L-förmiges Werkzeug erforderlich um das Schloss zu öffnen.

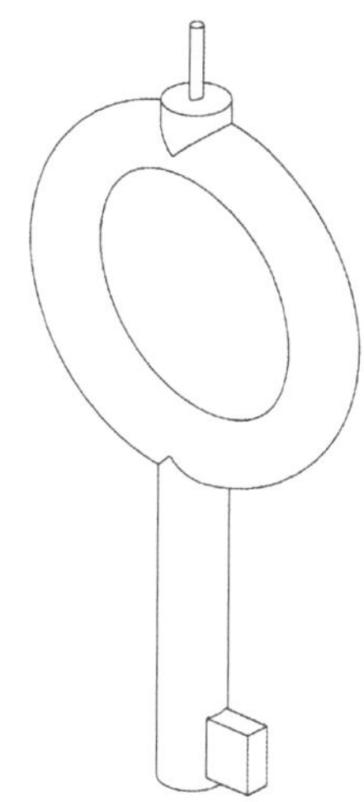

Handschellen-schlüssel

Bemerkenswerterweise wird bei den meisten Handschellen, die heute gebräuchlich sind, auch das Scheibenzuhaltungsschloss verwendet. Diese Vorrichtungen sind speziell adaptiert, um die Bewegungsfreiheit einzuschränken. Diejenigen, die viel benutzt werden, müssen sowohl haltbar als auch kostengünstig sein. Bei normalem Gebrauch können sie einfach geschlossen und zugeratscht werden. Die einzige Möglichkeit sie zu öffnen ist, den Schlüssel zu benutzen. Professionelle Handschellen verfügen über einen Doppelverschluss Mechanismus. Sie sind so konstruiert, dass sie ein weiteres Anziehen (Verengen) unterbinden, wenn sie erst mal doppelt geschlossen sind. Dies schützt diejenigen, die sie tragen müssen, vor unnötigen und unbeabsichtigten Verletzungen. Es erschwert es außerdem, sie auszudrücken oder zu öffnen. Der Schlüssel muss erst in eine Richtung gedreht werden, dann in die andere, um die Handschellen zu öffnen. Die erste Drehung deaktiviert den Doppelverschlussmechanismus; die Gegendrehung deaktiviert den Ratschenmechanismus und erlaubt es, aus der Gelenkklammer zu entkommen. Die meisten Schlüssel für diese Art Handschellen haben einen kleinen Zapfen, der benutzt werden kann einen Schieber zu bewegen oder in ein bestimmtes Loch eingeführt zu werden, um das Doppelschloss zu bedienen.

Beachten Sie, dass einige der hier dargestellten Schlüssel mehr als einen Zapfen zu haben scheinen. Das liegt daran, dass viele Besatzungsschlösser tatsächlich erfordern, das zwei Verschlussbolzen gleichzeitig bewegt werden, um sie zu öffnen, wie bei dem Vorhängeschlossbeispiel in diesem Buch.

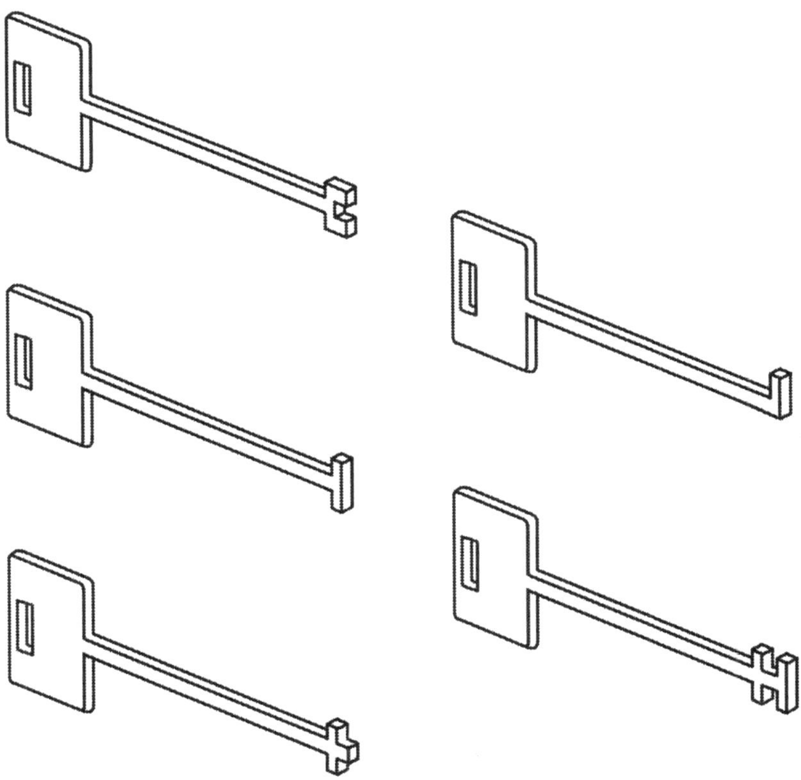

Dietriche

Abdrücke von Besatzungsschlössern

Abdrücke von Besatzungsschlössern sind eine Methode, wie Sie einen neuen Schlüssel für ein Schloss fertigen können, ohne den Originalschlüssel zu haben oder sogar zu wissen, welche Form er hat. Im Allgemeinen ist es sehr einfach, schlichtweg einen Dietrich oder ein L-förmiges Werkzeug zu benutzen, um das Schloss zu manipulieren. Gelegentlich werden Sie allerdings feststellen, dass es hilfreich ist, den eigentlichen Schlüssel zu fertigen. Um die Anfertigung Ihres eigenen Schlüssels zu beginnen, benötigen Sie zunächst einen geeigneten *Rohling*. Es kann manchmal recht schwierig sein, für einige Besatzungsschlösser den richtigen Rohling zu finden, weil sie entweder zu außergewöhnlich sind oder als so billig angesehen werden, dass es sich nicht lohnt Nachschlüssel zu erstellen. Ein passender Rohling muss die folgenden Bedingungen erfüllen:

- Der Rohling muss bequem in das Schlüsselloch passen, darf aber nicht so dick sein, dass er an dem Schließkanal lang schabt.
- Breit genug, um die gesamte Breite des Schließkanals auszufüllen, so dass er - was auch immer - drehen oder bewegen kann, um das Schloss zu öffnen.
- Stark genug, um mit großer Kraft benutzt werden zu können, ohne zu zerbrechen oder zu verbiegen.
- Muss der Beanspruchung durch Reiben, Schleifen und Schneiden widerstehen, ohne zu reißen oder zu brechen.

Ein Schlüssel für ein anderes Schloss der gleichen Bauart ist oftmals der perfekte Ausgangsrohling. Wie dem auch sei, ein langes flaches Stück Metall reicht im Allgemeinen aus. Ein Laubsägeblatt kann diese Bedingungen leicht erfüllen. Die Sägeblätter gibt es in verschiedenen Größen, so dass hoffentlich eines für Ihr Schloss geeignet ist. Handelsüblich sind schwarze Sägeblätter, aber sie können es Ihnen etwas erschweren, Spuren zu erkennen, wenn Sie die Rußmethode anwenden, die weiter unten beschrieben wird. Wenn Sie mit einem Laubsägeblatt arbeiten, ist es eine gute Idee, zunächst aus Sicherheitsgründen die Zähne des Sägeblattes abzufeilen.

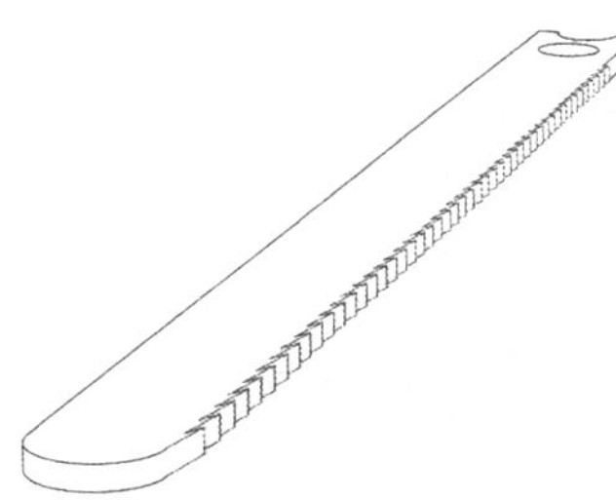

Laubsägeblatt

Feilen funktionieren hervorragend als Werkzeug, sind leicht im Fachhandel zu finden und sind kostengünstig. Ein Schleifrad kann Ihnen allerdings helfen, die Arbeit zu beschleunigen und zu vereinfachen. Sie können sie in nahezu jedem

Eisenwarengeschäft finden. Ein schmales Schneidrad ermöglicht es Ihnen, präzisere Schnitte vorzunehmen als ein dickes Steinrad, welches im Allgemeinen mit einem Motor ausgeliefert wird. Schleifräder können allerdings lästig zu transportieren sein und somit fehlt Ihnen die Mobilität und Kontrolle, die Handfeilen bieten. Für schnelle und akkurate Resultate können Sie ein Rad für die Großzahl der Schnitte benutzen, wenn Sie die Feilen für den letzten Schliff verwenden.

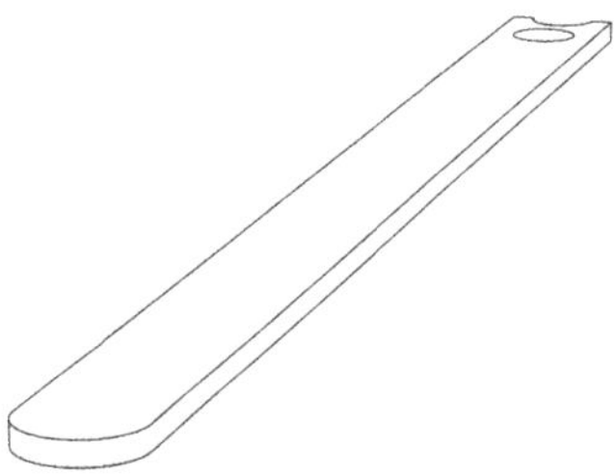

Rohling

Sobald Sie einen guten Anfangsrohling haben, sind Sie bereit mit dem Abdruck zu beginnen. Sie müssen eine Beschichtung auf den Rohling auftragen, die leicht abgekratzt oder markiert werden kann. Eine weit verbreitete Methode, um eine solche Beschichtung zu schaffen, ist den Rohling über eine brennende Kerze zu halten. Der Ruß, der sich im Rauch über der Kerze befindet, deckt den Rohling mit einer dünnen schwarzen Schicht ab, die leicht abgekratzt werden kann. Manchmal kann der Ruß aber auch zu einfach abgekratzt werden. Wenn Sie mit einem schwarzen Sägeblatt arbeiten, kann es schwierig sein, die Markierungen zu erkennen; es sei denn, Sie halten es gegen das Licht und vergleichen die Unterschiede in den Reflektionen. Machen Sie ein paar Übungskratzer, um zu sehen, wie die Markierungen ausschauen. Das Sägeblatt über eine Gasflamme zu halten wird nicht funktionieren, da das Gas weder Rauch noch Ruß produziert, die eine Beschichtung bewerkstelligen könnten. Eine andere Methode ist, darauf zu warten, dass das Kerzenwachs schmilzt, um dann den Rohling mit dem Wachs zu beschichten. Sie können den Rohling in das geschmolzene Wachs nahe der Flamme tauchen. Alternativ können Sie auch einen Wachsstreifen, der an der Seite der Kerze heruntergelaufen ist, abbrechen und auf den Rohling legen. Dieser kann dann in eine gleichmäßige Schicht geschmolzen werden indem Sie den Rohling über die Kerze halten. Wenn die Wachsschicht zu dick ist, kann sie beim Einführen des Rohlings in den Schließkanal abgekratzt werden. Übung wird Ihnen helfen, zu lernen, wie viel Wachs Sie auftragen müssen. Wenn Sie es vorziehen, können Sie den Rohling auch einfach schwarz lackieren.

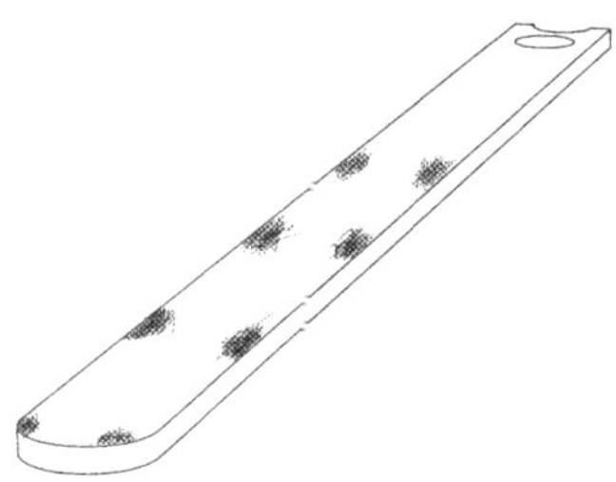

Rohling mit Markierungen

Wenn Sie mit Ihrer Beschichtung zufrieden sind, können sie mit dem eigentlichen Abdrucknehmen beginnen. Wenn Sie den Rohling nicht ohne die Oberfläche zu zerkratzen in das Schloss einführen können, dann ist entweder der Rohling oder die Beschichtung zu dick. Sobald Sie den Rohling erfolgreich gänzlich in das Schloss eingeführt haben, drehen Sie ihn mit hohem Drehmoment, d.h. mit Kraft, in beide Richtungen. Er sollte die Zusperrscheiben im Schloss anschlagen und nicht sehr weit drehen können. Das Ziel ist, dass die Scheiben eine Markierung auf dem Rohling hinterlassen. Es ist hilfreich, den Rohling etwas zu schütteln, um die Markierung besser sichtbar zu machen.

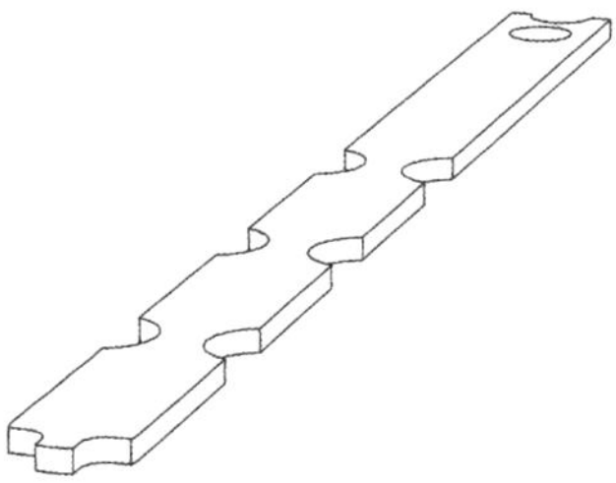

Neuer Schlüssel

Jetzt ziehen Sie das Sägeblatt vorsichtig heraus, ohne dabei neue Markierungen zu verursachen. Sie sollten in der Lage sein, Rillen und Narben, die von den Zusperrscheiben verursacht wurden, auf der Oberfläche des Sägeblattes zu erkennen. Sie brauchen nun einfach nur die Teile Ihres Rohlings, die Markierungen haben, wegschneiden. Ignorieren Sie dabei jegliche Längsmarkierungen, die über die Länge des Schlüsselrohlings gehen. Die haben Sie beim Einführen und Herausziehen des Rohlings verursacht. Sobald Sie die Teile des Rohlings, die den Scheiben im Weg sind, weggeschnitten haben, sollte Ihr neuer Schlüssel das Schloss öffnen!

Vorsicht bei einigen Schlössern, die eine kleine Nadel, einen Zapfen oder sonstige Blockierung am Ende der Schließkanal haben. Schlüssel für solche Schlösser haben eine u-förmige, hohle oder gelochte Spitze. Diese ist notwendig, um um die Sperre herum zu arbeiten. Bei Einführung passt der Schlüssel genau auf den Zapfen and kann problemlos drehen. Wenn Sie keinen Endzapfen durch bloßes Reinschauen in den Schließkanal erkennen können, müssen Sie unter Umständen die Spitze des Schlüssels beschichten, um festzustellen, ob sich Ihnen ein Endzapfen in den Weg stellt.

Einige minderwertige Vorhängeschlösser können erfordern, dass Sie den Verschlussbügel ein wenig rein und raus schütteln, während Sie den Schlüssel drehen, um sie richtig zu öffnen. Vielleicht haben Sie nicht genug weggeschnitten oder die Scheiben können eine ungewöhnliche Form haben, so dass sie nicht gleich beim ersten Versuch eine volle Markierung hinterlassen. Einige Schlösser können eventuell Sperrscheiben haben, die sich erst nach Drehen des Schlüssels in den Weg stellen. Vielleicht müssen Sie Ihren neuen Schlüssel leicht rein und rausschieben, damit er korrekt funktioniert. Wenn Sie zu viel vom Schlüssel weggeschnitten haben, können Sie entweder von vorne anfangen oder den Einschnitt ausfüllen. Lötmasse funktioniert gut, wenn das Schloss nicht zu viel Kraft erfordert. Es ist allerdings weich und wird nicht lange halten.

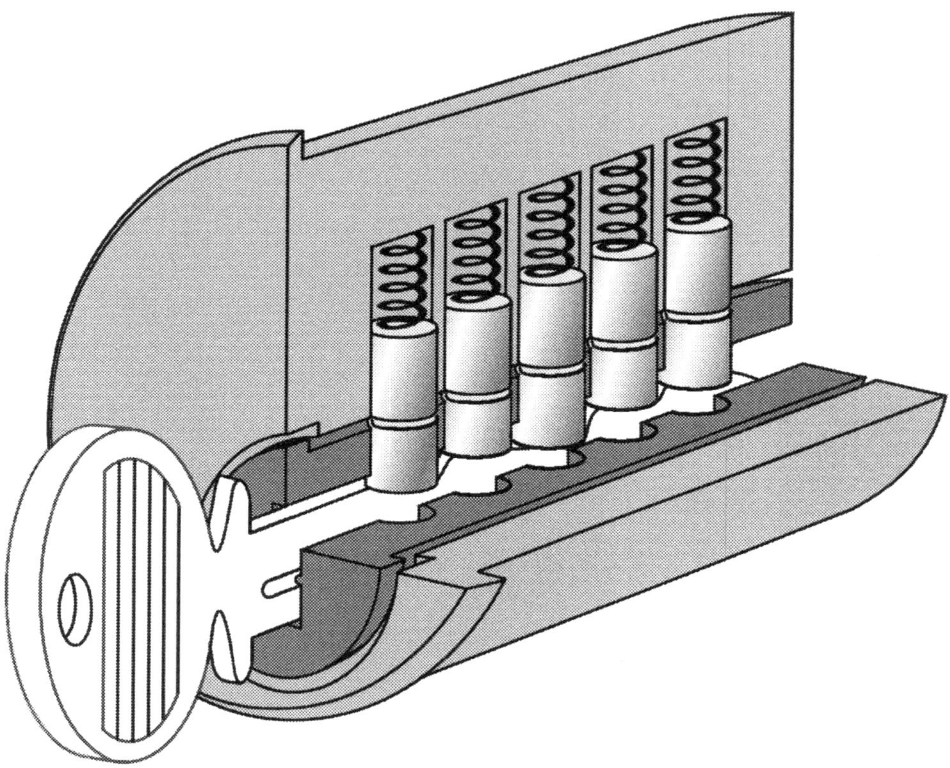

2

Stiftzylinder Schloss

Stiftzylinder Schloss

Das *Stiftzylinder Schloss* ist das am weitesten verbreitete Schloss in den Vereinigten Staaten. Es ist sozusagen das täglich Brot der Schlosserbranche. Es mag Sie überraschen zu hören, dass es sich dabei um eine der ältesten Schlosstechnologien handelt. Schon zu biblischen Zeiten verbreitet, wurde sogar in antiken ägyptischen Pyramiden eine Variante des Stiftzylinder Schlosses mit langen hölzernen Schlüsseln gefunden. In der Tat sind diese Geräte sogar älter als Löffel und Gabel. Anstatt einen zylindrischen Zapfen am Drehen zu hindern, hinderte das Schloss der Ägypter einen großen Bolzen am Gleiten. Diese Schlösser hatten keine Federn oder Endzapfen, waren aber für ihre Zeit revolutionär. Irgendwann wurden sie durch andere Schlosstypen ersetzt und gerieten in Vergessenheit. Es dauerte bis in das mittlere 19te Jahrhundert, als Linus Yale, Gründer der Yale Lock Company, das moderne Stiftzylinder Schloss mit zwei Stiften in jedem Stapel entwickelte. Sein Sohn setzte seine Arbeit fort and entwickelte 1865 ein brauchbares massenproduziertes kommerzielles Produkt. Heute gibt es eine große Auswahl an Stiftzylinder Schlössern, unter denen Sie auswählen können. Sie unterscheiden sich in Qualität, Größe, Zahl der möglichen Kombinationen und Kosten, und sind unverzichtbar für das Sicherheitsgefühl unserer Gesellschaft. Ob dieses Sicherheitsgefühl angebracht ist oder nicht, ist Ihre Entscheidung.

Stiftzylinder Schlösser bestimmen

Stiftzylinder Schlösser können in vielen Anwendungen gefunden werden, am häufigsten in Haustürschlössern, Türknöpfen, Schränken, Vorhängeschlössern usw. ... Sie haben meistens sichtbare Stifte in dem Schließkanal. Diese Stifte sind oftmals rund und etwas zugespitzt. Die Stifte haben eine Feder und springen wieder runter, wenn man sie aufwärts drückt. Sie sehen ein wenig wie Scheibenzylinderschlösser aus, die wir in einem späteren Kapitel diskutieren werden.

Wie Stiftzylinder Schlösser funktionieren

Schloss besorgten und es auseinander bauen, um zu sehen, wie die inneren Teile miteinander zusammenarbeiten. Aber Vorsicht, einige Kleinteile stehen unter Federspannung und können Ihnen leicht entgegenfliegen, wenn Sie nicht vorsichtig sind.

Bauteile des Stiftzylinder Schlosses

Obwohl die meisten Stiftzylinder Schlösser 5 Stifte haben, kann die Anzahl der Stifte je nach Qualität des Schlosses abweichen.

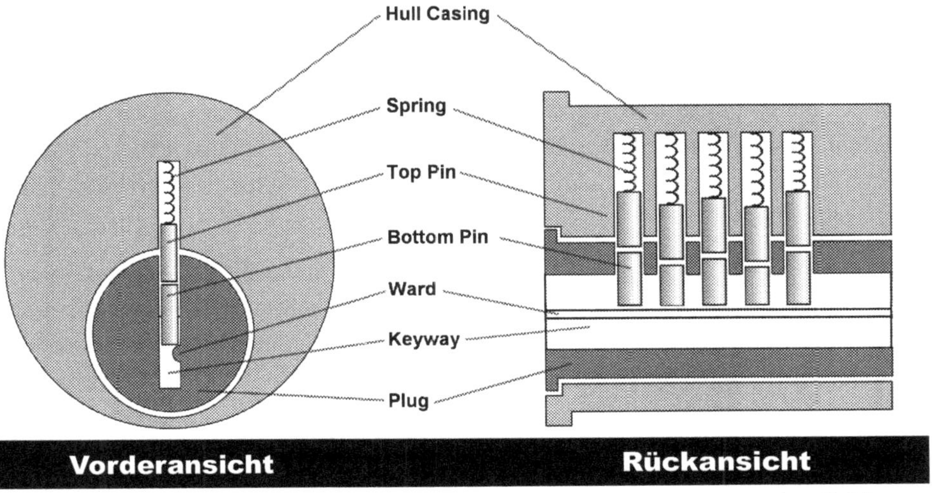

Zunächst lassen Sie uns einen Blick auf die inneren Komponenten des Schlosses werfen:

- Der Schließkanal ist die Öffnung, in die der Schlüssel eingeführt wird.
- Die Seitenscheiben im Stiftzylinderdesign sind Vorsprünge längs der Seiten der Schließkanäle. Diese Scheiben passen in die Rillen längs der Seite des Schlüssels. Außerdem hindern sie die Federn daran, die Stifte ganz rauszudrücken.
- Der innere Zylinder, der sich dreht, wenn Sie den Schlüssel drehen, wird Zylinderkern genannt.
- Der äußere Zylinder ist das Gehäuse, auch Schließzylinder genannt. Dieser Schließzylinder ist unbeweglich.
- Jeder Satz Stifte hat eine Feder, die die Stifte hinunterdrückt.
- Jede Stiftsäule im Schloss hat eigentlich zwei Stifte. Einer ruht auf dem anderen. Nur einer ist sichtbar, außer wenn Sie das Schloss auseinander bauen. Der *obere Stift* wird *Treiberstift* genannt, weil er den unteren Stift runter treibt oder drückt. Gewöhnlich haben alle Treiberstifte die gleiche Größe.
- Der untere Stift jedes Satzes wird Schlüsselstift genannt, da es sich um den Stift handelt, der wirklich Kontakt mit dem Schlüssel hat. Wenn der Schlüssel nicht im Schließkanal ist, ruhen die Schlüsselstifte in einigen Fällen auf den Sperrscheiben. Die Schlüsselstifte haben unterschiedliche Längen und passen in die Kerben des Schlüssels. Sie haben gewöhnlich etwas angespitzte Enden, die sichtbar sind.

Funktionstheorie

Bevor ein Schlüssel in das Schloss eingeführt wird, drücken die Federn die oberen Stifte runter. Diese oberen Stifte reichen über den Schließzylinder hinaus und in den Kernzylinder hinein. Während diese Stifte in die Aussparungen des Kernzylinders reichen, halten sie den Kernzylinder fest und hindern ihn am Drehen. Der untere Stift kann den Kernzylinder ebenfalls am Drehen hindern, wenn er zu weit hochgeschoben wird und teilweise im Schließzylinder steckt. Solange es mindestens einen Stift gibt, der die Trennlinie zwischen Schließzylinder und Kernzylinder kreuzt, ist der Zylinder abgeschlossen.

Wenn der richtige Schlüssel ins Schloss eingeführt wird, hebt das Schlüsselblatt die Stifte an. Die unteren Stifte ruhen auf den Kerben des Schlüssels. Beachten Sie, wie die Größe der Kerben genau mit der Größe der unteren Stifte übereinstimmt; umso länger der untere Stift, desto tiefer die Kerbe im Schlüssel. Wenn die Schlüsselkerbe in der richtigen Höhe ist, befindet sich die Trennung zwischen oberem Stift und unterem Stift in der gleichen Höhe wie die Trennung zwischen Schließzylinder und Kernzylinder. Diese Trennungslinie nennt man *Scherlinie*. Wenn dies in jeder Stiftsäule eintritt, kann kein Stift mehr den Kernzylinder am Drehen hindern. Der Schlüssel kann jetzt gedreht werden und das Schloss öffnen.

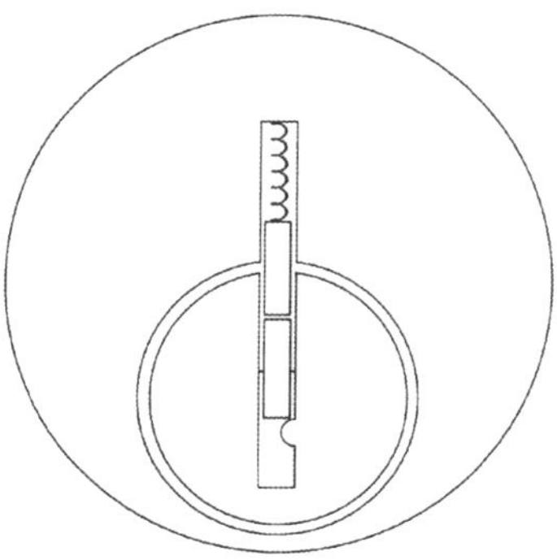

Vorderansicht

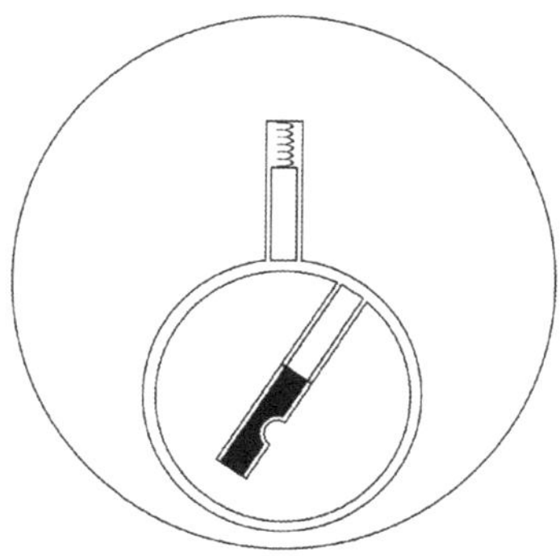

Vorderansicht – Schlüssel eingeführt & Kernzylinder gedreht

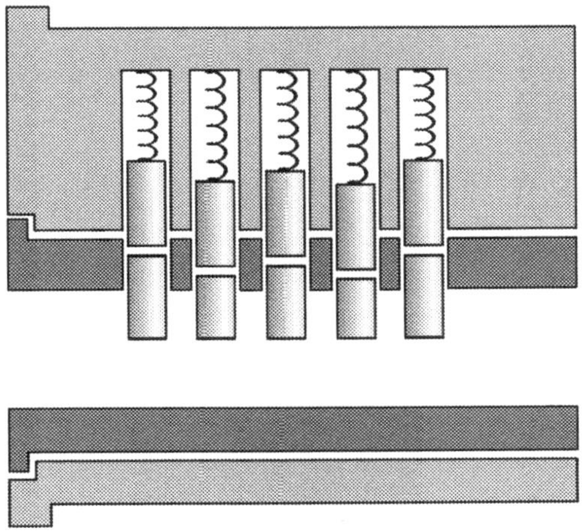

Seitenansicht Aufschnitt

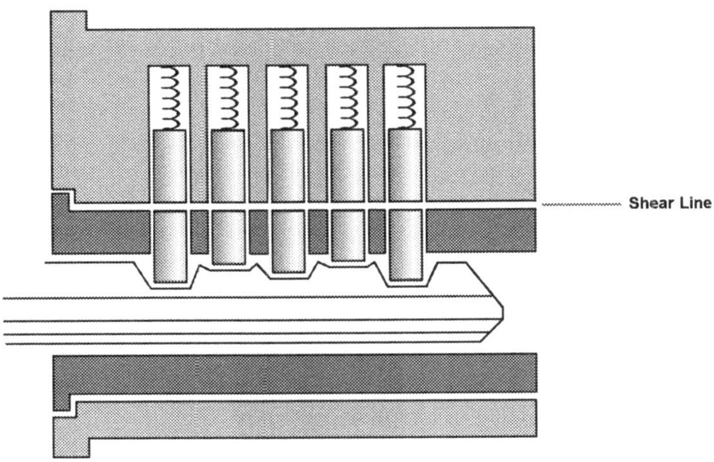

Seitenansicht Aufschnitt – Schlüssel

Standard Werkzeuge

Es gibt Standard Werkzeugsätze, die viele Schlosser und Sicherheitsprofis benutzen. Sie sind keinesfalls nur auf diese professionellen Werkzeuge beschränkt. Sie können viele gewöhnliche Gegenstände finden, die genauso gut funktionieren, wenn nicht besser.

Der Handgriff ist der Teil des Picks (Dietrichs) oder Werkzeugs, den Sie in der Hand halten. Da dies der Teil ist, mit dem Sie tatsächlich Kontakt haben, sollten Sie besonders darauf achten, dass er wirklich bequem in der Hand liegt. Die Handgriffe, die für die meisten Picks verwendet werden, sind vermutlich die gleichen für alle Picks und Haken in Ihrem Satz. Es ist wichtig, einen zu finden, der sich gut anfühlt, denn die Picks und Spanner sind Ihre einzige Möglichkeit, zu fühlen, was innerhalb des Schlosses vor sich geht.

Der *Stift* des Picks ist der lange, dünne Metallteil zwischen der Spitze und dem Handgriff. Er sollte ausreichend kräftig sein und nicht übermäßig biegen, aber gleichzeitig sollte er dünn genug sein, um im Schließkanal bewegt werden zu können und dabei nicht die Bewegung der Schließstifte behindern.

Die *Spitze* sollte sich leicht einführen und herausziehen lassen und in dem Schließkanal Beweglichkeit ermöglichen. Sie sollte Ihnen auch ein gutes Gefühl für die Stifte vermitteln. Das Feedbackgefühlt ist ausschlaggebend für Ihren Erfolg.

Verlieren Sie sich nicht im Auswendiglernen der verschiedenen Hakenformen. Wenn aus irgendwelchen Gründen einer nicht funktioniert, versuchen Sie einfach einen anderen. Jedes Schloss hat seine eigene Persönlichkeit and mit etwas Erfahrung werden Sie lernen welche Picks am besten für welche Schlösser funktionieren.

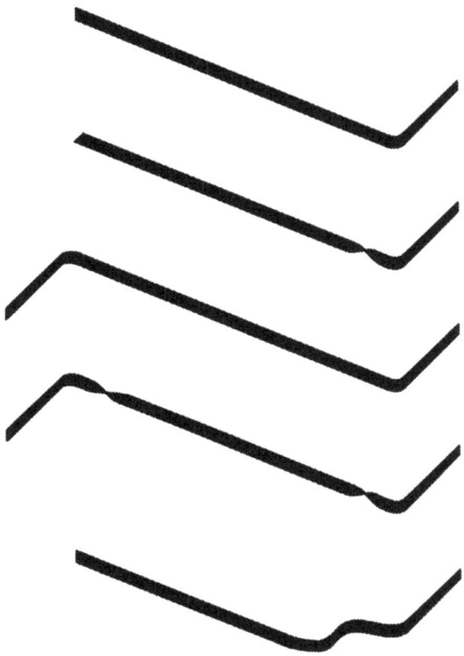

Spanner / Spannwerkzeug

Der Spanner ist ein sehr wichtiges Werkzeug. Sein Zweck ist nicht nur den Zylinder zu drehen, sondern er soll Ihnen auch helfen, zu fühlen, was im Schloss vor sich geht. Das kürzere Ende wird in den Schließkanal eingeführt, während Sie das längere Ende drücken, um den Zylinder zu drehen. Es ist wichtig, den richtigen Spanner für das Schloss auszuwählen. Der Spanner wird benutzt, um Drehkraft auf den Zylinder auszuüben. Es ist wichtig, dass der Spanner nicht zu groß ist, damit Sie ausreichend Raum haben, um den Pick noch im Schließkanal zu bewegen. Er darf aber auch nicht zu klein sein, denn er darf weder zu schwach noch ungeeignet seinm den Zylinderkern zu greifen und zu drehen. Einige dieser Spanner haben eine kleine Feder eingebaut, die Ihnen ein wenig Spiel gewährt. Einige Leute ziehen die weichere, tolerantere Federversion vor. Andere ziehen die festen vor, die ein direkteres Gefühl für die Vorgänge im Schloss vermitteln. Wenn Sie in der Klemme sind, kann ein gewöhnlicher flacher Schraubenzieher effektiv als Spanner benutzt werden.

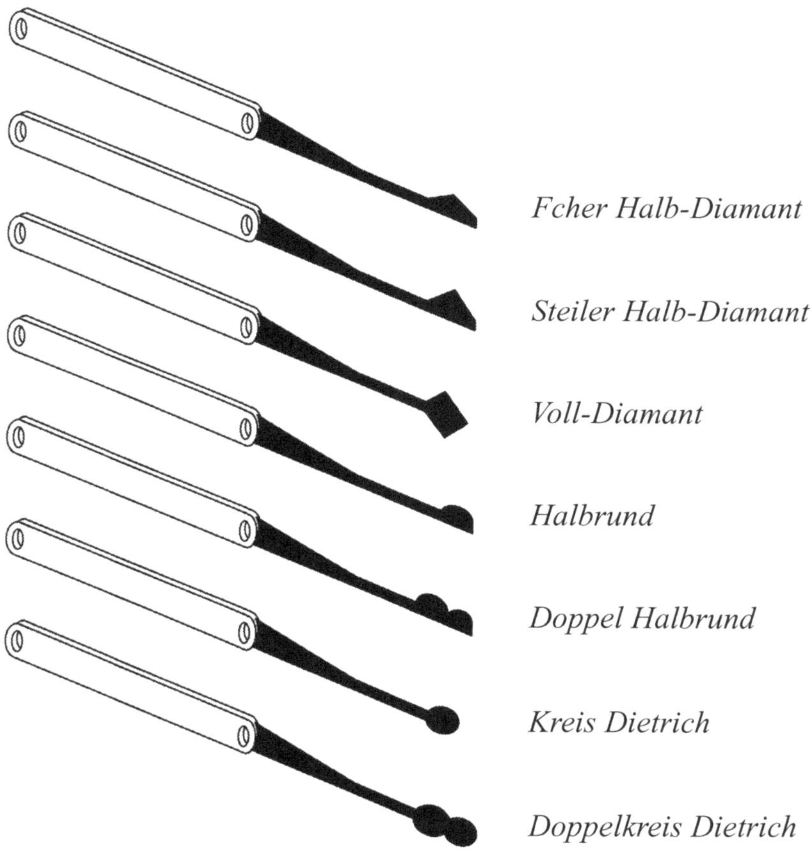

Verschiedene Picks / Harken

Viele der aufgezeigten Werkzeuge können für verschiedene Zwecke verwendet werden. Sie können sich sowohl für das Ziehen als auch für das Picken eignen. Dies sind nur einige Vorschläge für den allgemeinen Gebrauch dieser Werkzeuge. Scheuen Sie sich nicht jegliches Werkzeug so zu verwenden, wie es sich in Ihrer Situation anbietet. Selbstgebastelte Werkzeuge können genauso gut funktionieren oder sogar besser, wenn sie richtig konstruiert sind.

- *Flacher Halb-Diamant Dietrich.* Einige der Vorteile dieses Picks sind, dass er sich leicht einführen und herausziehen lässt und man damit gut vorwärts und rückwärts über die Schlüsselstifte harken kann. Er eignet sich gut für Schlösser, deren Stifte in etwa die gleiche Länge haben. Wenn der Höhenunterschied zwischen benachbarten Stiften zu groß ist, kann der Diamant einen Stift nicht hoch genug anheben, ohne den Nachbarn zu weit anzuheben.

- *Steiler Halb-Diamant Dietrich.* Dieser Pick ist dem flachen Halb-Diamant ganz ähnlich, außer, dass er mit Stiften unterschiedlicher Höhe besser umgehen kann. Da er steiler ist, ist es schwieriger ihn von Stift zu Stift zu bewegen. Sie können Halb-Diamant Picks mit unterschiedlichen Vorder- und Rückwinkeln finden. Außer für das Picken eignen sich Diamant Dietriche für das Harken, Vibrieren, und Rückpicken.

- *Voll-Diamant Dietrich.* Geeignet, wenn das Schloss auf beiden Seiten des Schließkanals Stifte oder Scheiben hat.

- *Halbrund Dietrich.* Funktioniert gut bei Scheibenzylindern, weil der Ball von Scheibe zu Scheibe rollen kann.

- *Doppel Halbrund Dietrich.* Genau wie der Halbrund Dietrich, unterstützt aber beim Harken von Scheibenschlössern.

- *Kreis Dietrich.* Nützlich, wenn das Schloss Scheiben auf beiden Seiten hat.

- *Doppelkreis Dietrich.* Zweimal so viel Spaß.

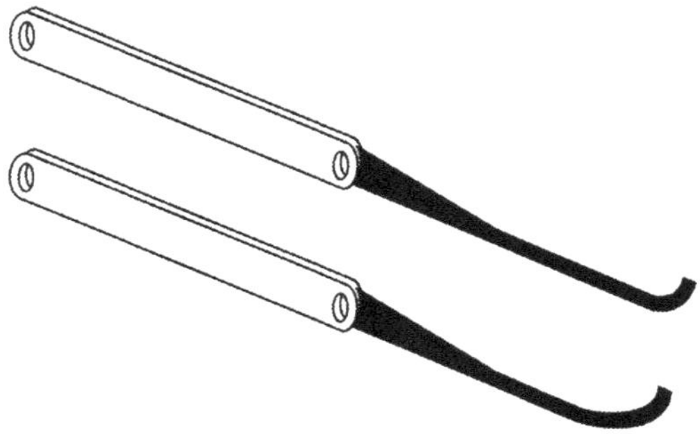

Haken / Fühlerdietrich

Diese Haken sind Standardwerkzeuge für das Öffnen von Schlössern. Mit ihnen können Sie jeden einzelnen Stift erfühlen und anheben, ohne die benachbarten Stifte zu berühren.

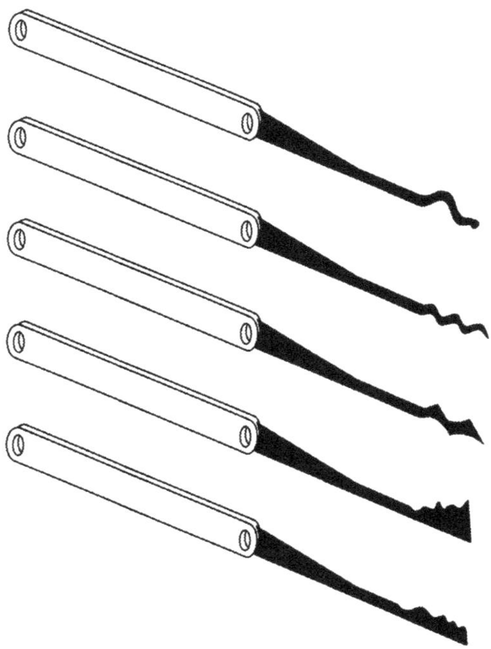

Schlangen / Wellendietriche

Die Designs für Wellendietriche unterscheiden sich erheblich. Sie unterscheiden sich in der Anzahl und Form der Erhebungen und Rillen. Einige erinnern stark an Schlüssel, während andere beinahe zufällig erscheinen. Verschiedene Erhebungen, Rillen, Kerben und Vorsprünge sollen Schlüssel vorschützen. Mit diesen Werkzeugen zu harken kann verursachen, dass mehrere Stifte gleichzeitig über die Trennlinie springen.

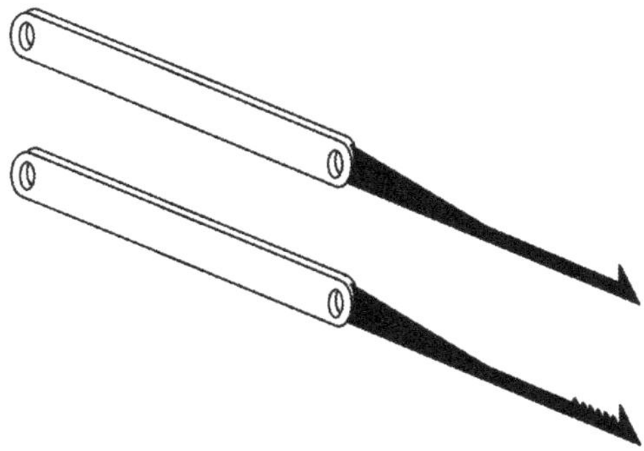

Schlüssel Extraktoren

Wie der Name vermuten lässt, werden Schlüssel Extraktoren dafür verwendet, abgebrochene Schlüsselsegmente, die noch im Schloss stecken, zu entfernen. Extraktoren haben im Allgemeinen eine Hakenform oder Zähne, die in nur eine Richtung weisen und somit erlauben, dass das Werkzeug leicht eingeführt werden kann, aber dann das blockierende Teil greifen und herausziehen kann.

Schlüsselloser Zugang

Vergessen Sie nicht, dass Sie selbst nach Lesen dieses Buches und vollständigem Verstehen der Funktionsweise eine Stiftzylinders unter Umständen nicht in der Lage sein werden diese Schlösser beim ersten Versuch zu öffnen. Es gibt keinen Ersatz für Übung. Besorgen Sie sich einige Schlösser von verschiedener Qualität, um damit experimentieren zu können. Sie benötigen außerdem einen Pick-Satz, mit dem Sie arbeiten können. Falls nötig, können Sie sogar Ihre eigenen herstellen. Der einfachste Weg einen Satz Picks zu erwerben ist natürlich, einen Satz von einem Sicherheitsbeschläge Händler zu kaufen.

Um einen Stiftzylinder erfolgreich zu öffnen, benötigen Sie nur einen Spanner und einen Haken- Dietrich. Es gibt allerdings viele andere Methoden ein Stiftzylinder Schloss zu öffnen. Das Loch zu picken ist die Standardmethode und vermutlich die vielseitigste Methode. Da das Harken einfacher und schneller geht, ist es oftmals die geeignetere Lösung. Für Geschwindigkeitsgewinn können Sie auch ein automatisches Pickwerkzeug verwenden. Vergessen Sie dabei nicht, dass Sie oftmals das Schloss vollkommen umgehen können.

Sie werden vermutlich schon viele Filme gesehen haben, in denen ein Schauspieler ein Schloss mit irgendeinem zufälligen Haushaltsgegenstand öffnet oder sogar einen authentischen Pick verwendet. Meistens benutzt der Schauspieler nur ein einziges Werkzeug. Die Allgemeinheit glaubt daher zweifelsohne, dass ein Schloss mit nur einem Werkzeug geöffnet werden kann. Dies ist generell gesprochen nicht der Fall. Die meisten Öffnungsmethoden erfordern den gleichzeitigen Gebrauch von zwei Werkzeugen, eines um den Zylinder zu drehen und das andere, um die Stifte zu bewegen. Das Werkzeug, dass die Drehkraft ausübt, nennt sich Spanner oder Spannwerkzeug. Sie können nahezu jeden Gegenstand benutzen, der sich in das Schloss einführen und drehen lässt. In einem normalen Stiftzylinder wäre es sehr schwierig das gleiche Werkzeug zur Manipulation der Stifte und zum Drehen des Zylinders zu verwenden.

Außenschlösser, die den Elementen ausgesetzt sind, können sehr stark verschmutzen. Wenn die Umgebung sehr schmutz- oder fetthaltig ist, können Zylinderschlösser leicht verschmutzt und verstopft werden. Es wird Ihnen vielleicht helfen, wenn Sie das Schloss reinigen, bevor Sie versuchen es zu öffnen. Feuerzeugbenzin oder Sprühreiniger sind für diesen Zweck gut geeignet.

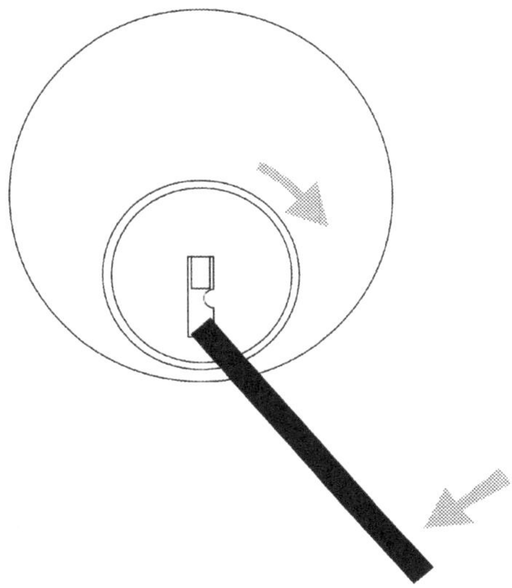

Positionierung des Spanners im Schließkanal

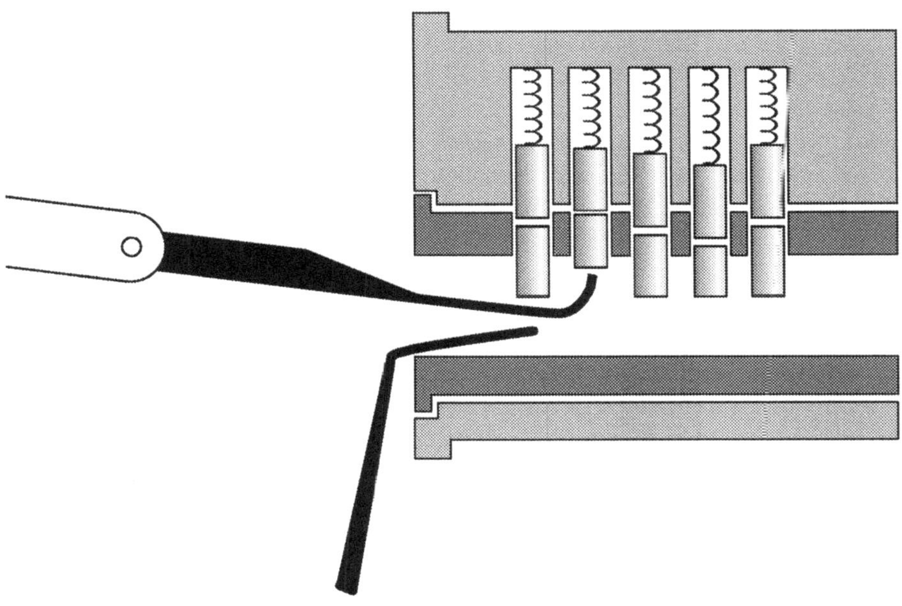

Positionierung des Picks und des Spanners iim Schließkanal zur Öffnung

Harken

Das Harken ist wesentlich leichter zu erlernen als das Tasten. Aber obwohl es zwar leichter zu erlernen ist, ist es gleichzeitig schwieriger zu meistern. Das Harken erfordert vom Schlossen genau das richtige Feingefühl. Dies ist etwas, dass nur durch Übung gelernt werden kann, Übung und mehr Übung. Ein Vorteil des Harkens ist, dass es einer der schnellsten manuellen Methoden sein kann, das Schloss zu öffnen. Es funktioniert sowohl für Zylinder- als auch für Scheibenschlösser, die in einem späteren Kapitel besprochen werden.

Um das Schloss zu öffnen, brauchen Sie nur den Haken Dietrich zu nehmen und wiederholt so über die Stifte ziehen, dass sich das Schloss öffnet. Obwohl das zu einfach klingen mag, kann es bei richtiger Handhabung durchaus funktionieren.

Zuerst führen Sie einen Spanner in den unteren Teil des Schlüsselloches ein. Vergewissern Sie sich dabei, dass ausreichend Raum verbleibt, um den Pick um die Stifte herum zu manövrieren. Jetzt drehen Sie den Spanner **vorsichtig** in die Richtung, in die der Schlüssel drehen würde, um das Schloss zu öffnen. An diesem kritischen Punkt ist es wichtig genau die richtige Kraft aufzuwenden. Im Allgemein bedarf es wesentlich weniger Kraft, als Sie glauben mögen. Die erforderliche Kraft, um die Stifte zu bewegen, kann wesentlich höhersein als die, die Sie auf den Spanner ausüben müssen. Nur wenig Kraft ist erforderlich. Aus Frustration neigen viele Leute dazu, zu viel Kraft aufzuwenden. Dies führt nur zu weiteren Frustrationen. Legen Sie ein Pause ein. Lassen Sie das Gelernte noch mal auf sich einwirken und versuchen Sie es erneut, wenn Sie sich erholt haben. Setzen Sie sich ein Zeitlimit von etwa 15 Minuten oder so. Anschließend konzentrieren Sie sich, auf was Sie gefühlt haben und vergleichen es damit, was Sie zu fühlen erwartete haben. Es ist wichtig ein gutes Gefühl für das Schloss zu entwickeln. Verstehen Sie seine Persönlichkeit und wie es auf Ihren Eingriff reagiert. Vergessen Sie nicht, sich Zeit zu nehmen und mit dem Schloss eins zu werden. Versuchen Sie keinesfalls durch den Vorgang zu hetzen.

Während Sie leichten Druck auf den Spanner ausüben, schieben Sie den Haken-Dietrich ganz bis an das Ende des Schließkanals. Üben Sie leichten Aufwärts- und Einwärtsdruck auf den letzten Stift aus. Jetzt ziehen Sie die Harke heraus, wobei Sie einen leichten, aber konstanten Druck auf alle Stifte ausüben, auch wenn ihre Position vielleicht geändert werden muss und das Feedback von jedem Stift unterschiedlich sein kann. Vergewissern Sie sich, dass Sie jedem Stift eine Chance geben; lassen Sie keinen aus, insbesondere nicht den ersten Stift.

Ihr erster Durchgang wird sehr wahrscheinlich nicht von Erfolg gekrönt sein, machen Sie also eine gute Anzahl von Durchgängen. Bei jedem Durchgang mit dem Öffnungswerkzeug sollten Sie den Druck auf den Spanner leicht erhöhen. Aber nicht vergessen, Sie sollten zu diesem Zeitpunkt noch nicht zuviel Drehkraft ausüben.

Nachdem Sie mehrere Male vor und zurück gegangen sind, können Sie einen anderen Harken Pick ausprobieren. Wenn Sie dies ohne Erfolg einige Zeit lang gemacht haben, sollten Sie eventuell den Druck auf die Stifte zurücknehmen und alle wieder in ihre Ausgangsposition zurück fallen lassen.

Viele Leute halten den Pick in der gleichen Art und Weise, wie sie einen Stift halten würden. Sie fühlen sich sehr wohl damit und können problemlos kontrollieren, an welcher Stelle sich der Pick befindet und wie viel Kraft aufgewendet wird. Bei manchen Harkentechniken ist allerdings eine andere Haltung angebracht. Versuchen Sie die Harke mit zwei Fingern am Schwerpunkt zu halten. Das funktioniert dann wie ein Drehpunkt. Sie können ihre anderen Finger benutzen, um die Auf- und Abwärtsbewegungen, die mit der Harke möglich sind, zu kontrollieren. Für mehr Kontrolle über die Kraft, die auf die Harke ausgeübt wird, benutzen Sie einen Finger, um das hintere Ende des Handgriffs runterzudrücken. Dies drückt die Spitze der Harke aufwärts und in die Stifte. Sie können jetzt mit zwei Fingern die Vorwärts- und Rückwärtsbewegung kontrollieren und die auszuübende Kraft mit einem dritten.

Einige Schlösser mögen einen leichten Schlag, um die Stifte in Position zu bringen. Mit zwei Fingern den Schwerpunkt der Harke haltend, können Sie kontrollieren, wie weit die Harke sich ein- und auswärts, sowie auf- und abwärts bewegt. Bewegen Sie die Harke rasch im Schließkanal vor und zurück. Oder, wenn Ihre Harke bereits in dem Schließkanal ist, beginnen Sie rasche auf- und abwärts Bewegungen. Tun Sie dies schnell und energisch, aber nicht zu hart. Variieren Sie die Kraft, die Sie auf die Stifte und den Spanner ausüben. Dies gibt den Stiften die Möglichkeit ihren Platz zu finden. Versuchen Sie zu vermeiden, dass die Stifte zu hoch stecken bleiben. Sie werden feststellen, dass die vertikale Beweglichkeit der Stifte geringer ist als die vertikale Beweglichkeit der Harke. Versuchen Sie einen Kolibri zu imitieren, mit leichter Berührung bei hoher Geschwindigkeit. Halten Sie die Harke locker zwischen Ihren Fingern, wenn Sie die Harke auf und ab beschleunigen. Sie werden feststellen, das insbesondere billige Schlösser gut auf diese Art des Harkens reagieren. Vergessen Sie aber nicht, dass diese schnelle Methode bei besseren Schlössern nicht sonderlich gut funktioniert.

Unterschiedliche Harken and Methoden des Harkens funktionieren besser mit verschiedenen Schlossarten. Erfahrung und Übung wird Ihnen zeigen, welche besser funktionieren. Schlösser, bei denen alle Stifte die gleiche öder ähnliche Länge haben, werden sich wesentlich einfacher harken lassen. Einige Schlösser sind sehr widerstandsfähig gegen Harken. Eventuell werden Sie diese picken müssen oder eine Kombination von Picken und Harken anwenden. Besorgen Sie sich eine breite Auswahl von Schlössern für Ihre Sammlung, so dass Sie sich mit verschiedenen Schlössern und Techniken bekannt machen können.

Picken

Picken oder *Tasten* ist eine Technik, bei der Sie versuchen, jeden einzelnen Stift individuell festzusetzen. Diese Methode kann sowohl bei Stiftschlössern, als auch bei Scheibenschlössern verwendet werden. Sie müssen mehr über die inneren Funktionen des Schlosses, das Sie öffnen, wissen, aber das Wissen wird Ihnen eine große Hilfe sein, wenn Sie später andere Methoden ausprobieren. Ihr Ziel beim Tasten ist es, die Scherlinie frei zu legen and sicher zu stellen, dass sie von keinen Stiften mehr blockiert wird.

Das Konzept

Wenn Schlösser perfekt konstruiert wären, wäre es unmöglich, jeden einzelnen Stift zu ertasten. Aber in der Realität haben Schlösser verschiedenen Mängel und werden mit gewissen Span Toleranzen hergestellt. Je besser die Qualität des Schlosses, je geringer die Toleranzen, desto schwieriger wird das Öffnen durch Tasten. Zahlreiche Metallteile müssen gleiten, drehen und einander näher rücken. Aus diesem Grunde gibt es kleine Zwischenräume, die diese Bewegungen ermöglichen. Es ist wichtig, sich zu vergegenwärtigen, dass dies das Öffnen überhaupt ermöglicht.

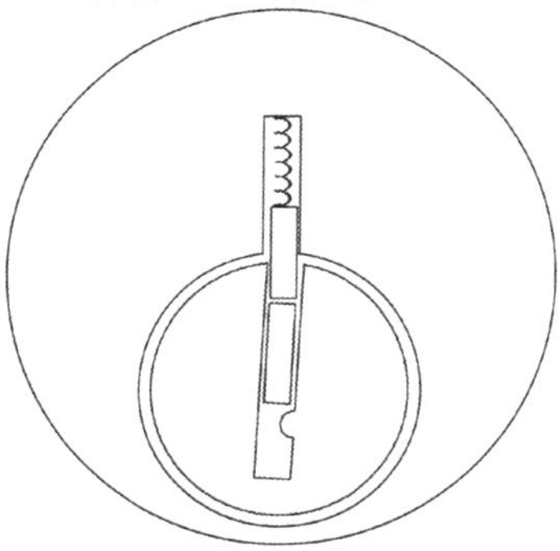

Blockierter Oberer Stift

Der erste Aspekt, mit dem wir uns beschäftigen wollen, ist ein wichtiger Effekt, den man *klemmen* oder *blockieren* nennt. Das Blockieren tritt auf, wenn Rotationskraft auf den Zylinder ausgeübt wird, während Sie versuchen den Schlüssel mit dem Spanner zu drehen. Der Schließzylinder und der Zylinderkern klemmen dabei effektiv den oberen Stift fest und halten ihn in dieser Position fest. Der Schließzylinder verbleibt dabei in seiner Position fixiert. Wenn Sie den Zylinderkern drehen, ergreifen der Schließzylinder und der Zylinderkern den Stift. Die Möglichkeit einzelne Stifte zu ertasten ergibt sich daraus, dass Schlösser mit kleinen Abweichungen hergestellt werden, in manchen Fällen betragen diese Abweichung nur wenige Hunderstel Millimeter. Die Kanäle, die für die Stiftsäulen gebohrt werden, liegen nicht in einer exakten geraden Linie parallel zur Rotationsachse des Zylinderkerns. Aus diesem Grunde wird die Drehung des Zylinderkerns zunächst nur ein oder zwei Stifte blockieren. Die anderen werden lose bleiben und vermögen weiterhin sich frei auf- und abwärts zu bewegen. Jedes Schloss hat seine eigenen Charakteristika und seine eigene Reihenfolge, in der die Stifte festklemmen. Beachten Sie, dass sich die Reihenfolge, in der die Stifte festklemmen, umkehrt, wenn Sie die Drehrichtung des Zylinderkerns wechseln. Beachten Sie außerdem, dass Metall eine gewisse Elastizität aufweist. Wenn Sie den Spanner zu stark drehen, geben die Stifte etwas nach and mehr von ihnen werden klemmen. Um diese Situation zu umgehen, vergewissern Sie sich, dass Sie nicht zu viel Kraft auf Ihren Spanner aufwenden.

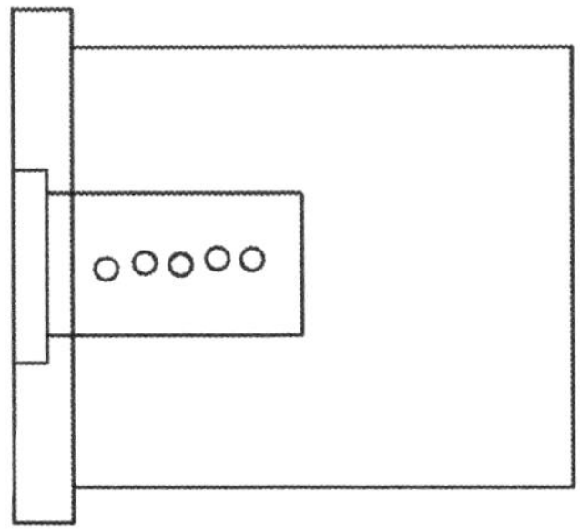

Unausgerichtete Stiftsäulen

Als nächstes nehmen Sie Ihren Taster, um festzustellen, welcher Stift klemmt oder am besten in seiner Position gehalten wird. Sie können jetzt Ihren Pick oder Taster benutzen, um den Stift weiter hoch zu schieben. Wenn Sie gegen den unteren Stift drücken, wird dieser gleichzeitig gegen den oberen Stift drücken, bis dieser gänzlich im Schließzylinder verschwunden ist und sich jenseits der Scherlinie befindet. Der Zylinderkern, der bis zu diesem Zeitpunkt den oberen Stift blockierte, hat plötzlich nichts mehr, was ihn am Drehen hindern könnte.

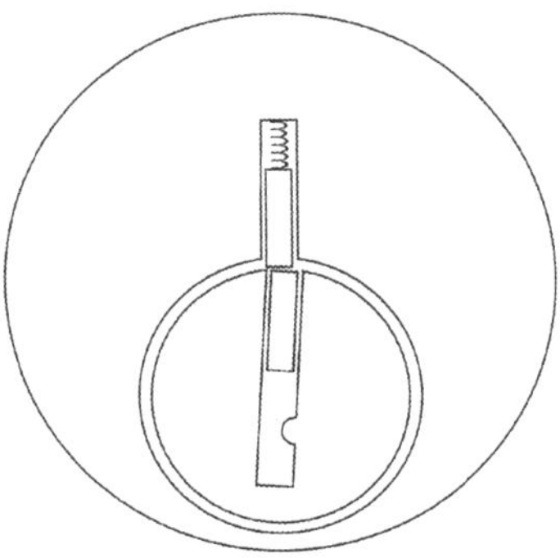

Stift ist gesetzt

Da Sie weiterhin einen leichten Drehdruck ausüben, wird der Zylinderkern beginnen sich zu drehen und dies fortsetzen, bis er an den nächsten oberen Stift anstößt und somit wieder blockiert ist. Durch die extra Drehung liegen die Bohrungen für den ersten Stift im Kernzylinder im Schließzylinder nicht mehr genau übereinander. Die Feder kann auf den oberen Stift drücken so viel sie will; der Stift bleibt am oberen Rand des Kernzylinders hängen und verbleibt gänzlich im Schließzylinder. Er ist gefangen. Wenn dies auftritt, ist der Stift *gesetzt.* Weder der obere Stift, noch der untere Stift blockieren jetzt die Scherlinie. Die ist das Ziel, das wir uns gesetzt haben.

Setzen Sie diese Vorgehensweise für die restliche Stifte fort. Sobald Sie den letzten Stift gesetzt haben, wird der Zylinderkern frei drehen können und Sie werden das Schloss geöffnet haben. Herzlichen Glückwunsch!

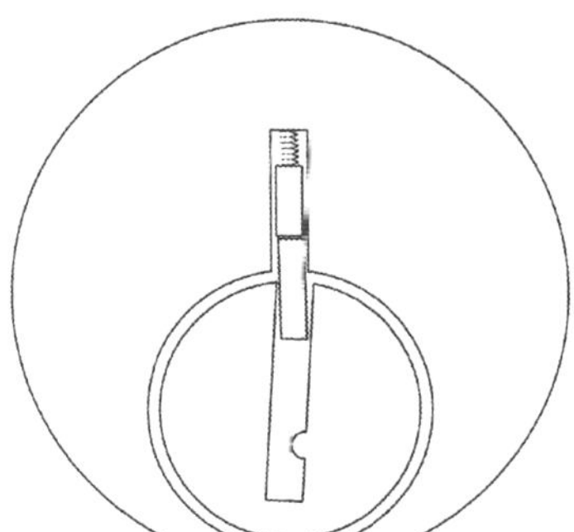

klemmender unterer Stift

Wenn Sie die Stifte aufwärts drücken, benötigen Sie ein Feingefühl dafür, wann der Stift gesetzt ist. Passen Sie auf, dass Sie aufhören, sobald der Stift gesetzt ist. Wenn Sie den Aufwärtsdruck auf den Stift fortsetzen und den Stift weiter drücken, können Sie den unteren Stift ebenfalls in den Schließzylinder hineindrücken. Die Drehkraft des Zylinderkerns wird jetzt den unteren Stift anstatt des oberen Stiftes festhalten. Sie können feststellen, ob das der Fall ist, wenn Sie Ihren Pick vom Stift entfernen und der untere Stift sich weigert wieder runter zu fallen. Dies ist auch nicht gut, weil jetzt der untere Stift die Scherlinie blockiert und die anderen Stifte daran hindert, korrekt zu blockieren. Außerdem wird er das Schloss daran hindern sich zu öffnen.

Sie haben den Stift korrekt gesetzt, wenn Sie Ihren Pick vom unteren Stift entfernen können und er frei runterfällt, ohne dass die Feder ihn runterdrückt. An diesem Punkt sollte ein anderer Stift klemmen und Sie können den gesamten Vorgang wiederholen. Wenn Sie zuerst die vorderen Stifte setzen und diese lange untere Stifte haben, könne diese ein Hindernis für Ihren Pick sein, wenn Sie an den hinteren Stiften arbeiten. Wenn Sich ein kurzer unterer Stift zwischen zwei langen Stiften befindet, kann dies ebenfalls ein Problem darstellen. Ein guter Haken Pick ist so konstruiert, dass er um diese Hindernisse herumreicht und Ihnen erlaubt, diejenigen Stifte zu manipulieren, die Sie wollen und diejenigen zu umgehen, die Sie nicht wollen.

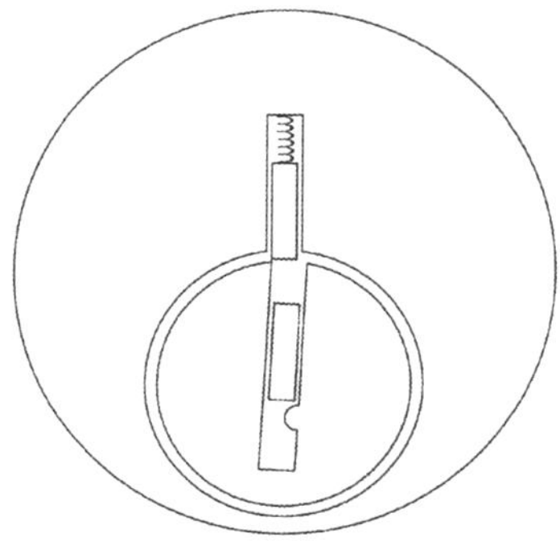

unterer Stift fällt

Sie sind dran

Jetzt sind Sie an der Reihe, damit anzufangen, Stiftschlösser zu öffnen. Als erstes führen Sie einen Dietrich und einen Spanner in den Schließkanal ein. Üben Sie einen **sanften** Drehdruck mit dem Spannwerkzeug aus. Lassen Sie uns nochmals das Wort sanft betonen. Wenn zu viele Stifte klemmen, wird das Schloss blockieren. Wenn die klemmenden Stifte zu schwer hoch zu drücken sind, bedeutet das, dass sie zu hart drehen. Wenn Sie frustriert und müde werden, werden Sie vermutlich härter drehen. Wenn das passiert, legen Sie eine Pause ein und erholen Sie sich. Gut gespante Schlösser und solche, die auf geringe Toleranzen gearbeitet sind, werden ein größeres Drehmoment erfordern. Vorhängeschlösser und einige Türknaufe müssen außerdem einen federbeladenen Verschlussbolzen drehen, so dass auch diese ein größeres Drehmoment erfordern. Ihre Erfahrung wird Ihnen verraten, wie viel Kraft aufzuwenden ist. Wenn Sie ein Vorhängeschloss öffnen, benötigen Sie die zusätzliche Fertigkeit, das Schloss in der gleichen Hand zu halten, die Sie zum Drehen des Spanners verwenden. Mit etwas Übung werden Sie die Methode lernen, die für Sie am bequemsten ist. Probieren Sie verschiedene Methoden aus. Nicht vergessen: das Schlossöffnen ist keine exakte Wissenschaft!

Während Sie leichten Drehdruck ausüben, benutzen Sie Ihren Pick, um die Stifte abzutasten. Versuchen Sie nicht nach Augenschein zu gehen. Ertasten Sie sie. Durch Kenntnis, wie sie unter verschiedenen Bedingungen reagieren, können Sie quasi eine

Landkarte in Ihrem Kopf zeichnen, die Ihnen zeigt, wie das Schloss ausschaut und in welcher Position sich die Stifte befinden. Vergessen Sie nicht zu visualisieren. Dies ist eine ausschlaggebende Fertigkeit, die Sie erlernen müssen. Genau wie viele Sportler versuchen vor dem Wettkampf zu visualisieren, was sie zu leisten haben, so sollten auch Sie sich vorstellen, wie Sie das Schloss öffnen, bevor Sie sich an die Arbeit machen.

Als nächstes müssen Sie feststellen, welcher Stift am härtesten blockiert. Positionieren Sie Ihren Pick direkt unter den Stift und benutzen Sie die Spitze des Picks, um die Unterseite des Stiftes abzutasten. Drücken Sie den Stift mit wenig Kraftaufwand aufwärts, um den oberen Stift vollständig in die obere Kammer des Schlosses zu schieben. Passen Sie auf, dass Sie dabei die Nachbarstifte nicht zu sehr stören. Es gibt eine Vielzahl von verschiedenen Haken Pick Größen, die sich unterschiedlich gut für verschiedene Schlossformen eigenen. Sie können natürlich auch jedes andere Tast- oder Hakenwerkzeug benutzen, mit dem Sie gut zurecht kommen. Nicht vergessen, die einzige Regel ist, das zu benutzen, was für Sie gut funktioniert.

Wenn der obere Stift die Scherlinie vollständig freigegeben hat und sich im Schließzylinder befindet, haben Sie den Stift gesetzt. Wenn dies passiert, können Sie einen kleinen Klick hören oder fühlen. Wenn Ihr Tastsinn sich darauf eingespielt hat, wird dies ein weltbewegendes Erlebnis für Sie sein. Sie werden jeden Stift anders erleben. Zuerst mussten Sie gegen den oberen Stift kämpfen, der klemmte und durch die Feder heruntergedrückt wurde. Für einen kurzen Augenblick, wird sich Ihnen nur die

Feder widersetzen. Dann werden Sie einen größeren Widerstand fühlen, wenn der untere Stift auf den Rand der Bohrung im Schließzylinder trifft. Außerdem können Sie den Klick in der Hand, die den Spanner hält, fühlen. Der Spanner wird nachgeben und der Zylinderkern wird sich kaum spürbar drehen und dann anhalten. Obwohl Sie das spüren können, werden Sie vermutlich nicht in der Lage sein, es auch zu sehen. Behandeln Sie die Werkzeuge wie Verlängerungen Ihres eigenen Körpers. Vertrauen Sie nicht auf Ihre Augen, nutzen Sie Ihre anderen Sinne, um das Schloss zu erkunden.

Wenn Sie den Stift bewältigt haben, senken Sie Ihren Pick, um sich zu vergewissern, dass der untere Stift frei fällt. Wenn er oben bleiben sollte, haben Sie ihn zu weit hoch gedrückt. Sie können dann entweder den Spannerdruck etwas zurücknehmen oder ganz von vorne anfangen. Wenn die Feder den Stift runterdrücken sollte, dann haben Sie ihn nicht richtig fest gesetzt. Vielleicht ist dies nicht der Stift, der am meisten klemmt oder Sie haben ihn nicht ausreichend hoch gedrückt oder Sie haben nicht genug Druck auf den Spanner ausgeübt.

Jetzt gehen Sie zum nächsten Stift über. Tasten Sie die verbleibenden Stifte ab, die noch nicht nachgegeben haben und versuchen Sie festzustellen, welcher von ihnen am meisten klemmt. Dieser wird Ihr nächstes Opfer sein. Wiederholen Sie die oben angeführte Schritte mit diesem Stift. Wenn Sie einen Stift setzen und dabei ein anderer fällt oder wenn Sie nicht in der Lage sind weitere Stifte zu setzen, dann kann es sein, dass Sie die Stifte in der falschen Reihenfolge gesetzt haben. Nehmen Sie den Spannerdruck ganz zurück und fangen von vorne an.

Wenn der letzte Stift gesetzt ist, ist die Scherlinie völlig frei von jeglichen Hindernissen und der Zylinderkern kann frei drehen. Das Schloss ist jetzt offen! Die eigentliche Mechanik, die jedem Schloss, das sich öffnen oder lockern lässt, zugrunde liegt, variiert sogar noch drastischer als die verschiedenen Schlösser selbst. Vorhängeschlösser haben für gewöhnlich einen federbelasteten Verschlussbolzen, der bewegt werden muss, um den Bügel freizugeben. Dies hat in den meisten Fällen zur Folge, dass der Bügel Ihnen etwas entgegenspringen wird, wenn Sie das Schloss öffnen. Dies kann ein außerordentlich befriedigender Effekt sein.

Da kein Schloss dem anderen gleicht und die Bohrungen in unterschiedlichen Anordnungen von der Mittelachse abweichen, müssen die Stifte eines jeden Schlosses in seiner ganz eigenen Reihenfolge gesetzt werden. Desto so billiger das Schloss, umso mehr weichen die Bohrungen von der Mittelachse ab und desto einfacher ist es, die Stifte zu setzen.

Vergessen Sie niemals das Schloss immer wieder entweder in seine geöffnete oder geschlossene Position zurückzusetzen. Wenn Sie es in einer Zwischenposition belassen, kann der Schlüssel nicht in den Schließkanal eingeführt werden. Das liegt daran, dass die Stifte nicht in der Lage sind, quasi frei zu schweben oder sich im Schließzylinder auf und ab zu beweben. Es ist das gleiche Prinzip, dass Sie daran hindert einen Schlüssel aus einem Schloss herauszuziehen, wenn er sich in einer Zwischenposition befindet. Es ist aber auch einfach, den Zylinderkern in entweder die geschlossene oder geöffnete Position zurückzusetzen. Solange es sich um eine Zwischenposition handelt, kann der Zylinderkern frei drehen. Gehen Sie sicher, dass die oberen Stifte sich nicht im Schlüsselkanal festklemmen, wenn Sie den Zylinderkern komplett umdrehen.

Alternative Methode

Es gibt noch eine alternative Methode des Tastens, wenn Sie weniger denken und das Ganze ein wenig beschleunigen wollen. Beginnen Sie am Ende des Schlosses und versuchen Sie den letzten Stift zu picken. Wenn er sich nicht setzen lässt, gehen Sie einfach zum nächsten über. Gehen Sie alle Stifte durch und versuchen Sie sie von hinten nach vorne zu setzen. Anschließend kehren Sie ans Ende zurück und setzen nacheinander diejenigen, die sich im ersten Durchgang noch nicht haben setzen lassen. Mit jedem Durchgang werden Sie ein oder zwei weitere Stifte setzen können. Der Vorteil dieser Methode ist, dass Sie nicht jedem einzelnen Stift so viel Aufmerksamkeit zukommen lassen brauchen. Es ist dabei eine gute Idee, mit jedem Durchgang den Druck auf den Spanner etwas zu erhöhen. Diese Methode wird angewendet, wenn es auf Geschwindigkeit ankommt. Es kann aber sein, dass sie bei Hochsicherheitsschlössern nicht funktioniert, weil diese modifizierte Stifte haben, die so konstruiert sind, dass sie falsch setzen.

Zusammenfassung

Nicht vergessen, dass die Stifte sich anders verhalten, wenn das Schloss kopfüber gehalten wird, d.h., die Stifte sind unten im Schließkanal anstatt oben. Der Hauptunterschied ist, dass die gesetzten Stifte selbständig unten bleiben, anstatt in den Schließkanal zurückzufallen. Einige Leute finden es einfacher so zu arbeiten. Nur die noch nicht gesetzten Stifte sitzen dann noch im Schießkanal. Wenn Sie ein Vorhängeschloss öffnen, haben Sie außerdem die zusätzliche Belastung, das Schloss selbst halten zu müssen. Sie können das Schloss halten wie Sie wollen und werden bald eine Haltung finden, die Ihnen bequem ist. Versuchen Sie das Schloss und den Spanner in der selben Hand zu halten. Einige Schlösser haben auch noch Stiften in den Seiten oder am Boden des Schließkanals. Das Öffnungskonzept bleibt im Prinzip das selbe. Sie müssen sich nur auf die neuen Positionen der Stifte einstellen.

Das Wissen, das Sie sich bis zu diesem Punkt durch das Lesen des Materials angeeignet haben, sollte völlig ausreichen, Ihnen zu erlauben, nahezu jedes gewöhnliche Stiftschloss zu öffnen. Es gibt noch weitere wichtige Aspekte, die zu wissen sinnvoll sind: Generalschlüssel, Zylinderkern Größenvariationen, Abschrägungen, Platzhalterstifte, falsche Sätze, modifizierte Stifte, Winkelnocken, Zylinderkernrotation, Pilzstifte, von denen wir einige noch im erweiterten Stiftschloss Kapitel behandeln. Aber stürmen Sie jetzt nicht darauf zu. Gönnen Sie sich erst mal eine Pause und verdauen das gelernte Material. Versuchen Sie nicht alles auf einmal zu lernen. Gehen Sie sicher, dass Sie sich mit dem Öffnen einer großen Auswahl verschiedenster Schlösser wohl fühlen.

Es ist ausschlaggebend, dass Ihnen völlig klar ist, was Sie tun, um es wiederholen zu können. Später, wenn Sie sich an Hochsicherheitsschlösser machen, werden Sie vermutlich Ihre bisher angewandten Techniken verfeinern müssen. Am Anfang ist es am besten, sich nicht selbst zu überfordern. Beginnen Sie mit einem ganz billigen Schloss. Billige Schlösser werden im Allgemeinen mit wesentlich größeren Toleranzen angefertigt und sind daher wesentlich leichter zu öffnen. Wenn Sie damit fertig sind, wenden Sie sich zunehmend anspruchsvolleren Schlössern zu. Mit einer großen Artenvariation zu üben, hat den Vorteil, dass Sie sich eine große Bandbreite von Fertigkeiten aneignen. Das erlaubt Ihnen dann sich schneller auf neue und außergewöhnlichere Schlösser einzustellen.

Übungen

Das Verständnis, wie ein Schloss reagiert ist von größter Wichtigkeit. Wenn Sie das erste Mal versuchen, ein Schloss zu öffnen, werden die Stifte ihr ganz eigenes Spielchen spielen und möglicherweise öffnen Sie sogar das Schloss, obwohl Sie nicht fühlen können, wo genau die Stifte sitzen. Oder vielleicht sind Sie sich nicht sicher, wann genau sie die unteren Stifte aufwärts in den Schließzylinder drücken müssen. Damit Sie das richtige Feingefühl dafür entwickeln, wie sich die Stifte verhalten, haben wir hier einige Übungen für Sie, die Sie ausprobieren können.

Als erstes sollten Sie ein Übungsschloss finden oder kaufen. Diese können Sie bei nahezu jedem Eisenwarenhändler oder Schlosser erwerben. Wenn Sie mit einem Stiftschloss üben wollen, vergewissern Sie sich, dass Sie auch ein solches besorgen. Wenn Sie gerade erst anfangen zu lernen, gehen Sie sicher, dass es sich um ein leicht zu öffnendes Schloss handelt. Im Allgemeinen können Sie den Preis als Maßstab für den Schwierigkeitsgrad nehmen. Schlösser mit niedrigen Preisen lassen sich gewöhnlich recht leicht öffnen. Schlösser, die mit einem Schließbolzen konstruiert sind, eignen sich besonders gut für Übungszwecke. Scheuen Sie sich nicht auch gerne ein etwas schwierigeres Schloss zu kaufen, damit Sie auch später noch eine Herausforderung haben oder um Vergleiche anstellen zu können.

Öffnen Sie jetzt das Schloss und entfernen den Zylinderkern. Seien Sie dabei aber sehr vorsichtig, denn die Federn und Stifte werden beim Herausnehmen rausspringen. Es hilft, wenn Sie dabei einen *Zylinderkernfüller* verwenden. Der Zylinderkernfüller ist ein Werkzeug, dass Sie benutzen können, um den Kern aus dem Schließzylinder herauszudrücken. Er sollte in etwas die gleiche Größe wie Ihr Zylinderkern haben, damit er die oberen Stifte sicher im Schließzylinder festhalten kann. Holzdübel oder dicke Stifte werden oftmals zu diesem Zweck verwendet. Ein Trick, den Sie versuchen können, ist, einen Streifen von einer Plastikflasche abzuschneiden und diesen fest aufzurollen. Wenn Sie den aufgerollten Streifen in den Zylinder schieben, während Sie den Kern rausdrücken, kann sich die Rolle ausweiten und das Kernloch gänzlich ausfüllen und somit die Stifte in Position halten. Da das Plastik Material transparent ist, bietet Ihnen diese Methode außerdem die Möglichkeit, sich genauer anzuschauen, wie die Stifte und Bohrung ausschauen.

Der Schlüssel kann das Schloss nur schließen, wenn die unteren Stifte in der korrekten Reihenfolge stehen. Wenn Sie den Schlüssel später wieder benutzen wollen, vergewissern Sie sich, dass Sie sich die Reihenfolge der Stifte genau notieren. Aber wozu brauchen Sie schon den Schlüssel? – Bauen Sie das Schloss jetzt wieder zusammen, aber mit nur einem Stift. Entfernen Sie die oberen Stifte und Federn aus den restlichen Säulen. Dieses Schloss zu öffnen sollte jetzt sehr einfach sein. Drücken Sie mit einem Haken-Dietrich auf den verbleibenden Stift und üben Sie leichten Drehdruck mit Ihrem Spanner aus. Wenn der Zylinderkern quasi seine Bruchstelle erreicht, wird er frei drehen. Ertasten Sie jetzt, wie der Stift klemmt und praktisch vom Zylinderkern in seiner Position festgehalten wird. Achten Sie auch darauf, wie Sie einen Bruchteil einer Sekunde bevor der Kern sich drehen lässt beinahe fühlen können, dass es so weit ist.

Nehmen Sie das Schloss wieder auseinander und setzen es wieder zusammen, aber diesmal mit zwei Stiften. Während Sie ein kleines bisschen Drehdruck ausüben, drücken Sie zunächst den vorderen Stift hoch und anschließend den hinteren. Beachten Sie, wie einer klemmt und der andere federt. Wenn beide klemmen, sagt Ihnen das, dass Sie zuviel Drehdruck ausüben. Das ist eine sehr wertvolle Lektion.

Da Sie jetzt wissen, wie Sie feststellen können, welcher Stift klemmt, drücken Sie diesen hoch, bis Sie fühlen können, dass er gesetzt ist. Verinnerlichen Sie sich dieses Gefühl. Setzen Sie den Stift, befreien ihn, und setzen ihn erneut. Machen Sie das ruhig einige Male zur Übung. Das ist das Feedback, das Sie versuchen zu ertasten, wenn Sie ein Schloss öffnen. Nachdem Sie den Stift gesetzt haben, beachten Sie, wie der untere Stift frei fällt. Ertasten Sie, wie der Stift jetzt locker im Stiftkanal sitzt und weder klemmt noch von der Feder runtergedrückt wird. Setzen Sie jetzt diesen Stift und setzen den Aufwärtsdruck fort. Sie werden auf erheblichen Widerstand treffen und plötzlich wird der untere Stift beginnen in den Schließzylinder zu rutschen. Wenn das passiert, wird der untere Stift klemmen, so wie es vorher der obere tat, und im Schließzylinder festsitzen. Deshalb ist es so wichtig, dass Sie sich mit dem Gefühl, das Ihnen ein gesetzter Stift vermittelt, genauestens bekannt machen. Wenn Sie es nicht bemerken, kann es passieren, dass Sie den Stift zu weit drücken und der untere Stift sich im Schießzylinder verklemmt. Sie wissen, dass das passiert ist, wenn Sie Ihren Pick herausziehen und der unter Stift im Schließzylinder stecken bleibt. Er fällt weder frei in seine Position, noch wird er durch die Feder runtergedrückt. Experimentieren Sie damit eine Weile, bis Sie ein gutes Gefühl für diesen Punkt entwickeln.

Setzen Sie den ersten Stift, der klemmt und vergewissern Sie sich, dass der untere Stift zurückfällt. Bringen Sie Ihren Dietrich jetzt zum zweiten Stift und beachten Sie, wie dieser jetzt klemmt. Vergleichen Sie es damit, wie er vorher federte. Sie sollten in der Lage sein, den zweiten Stift aufwärts zu schieben und sobald er die Scherlinie überschritten hat, wird sich der Zylinderkern drehen. Der letzte Stift mach immer am meisten Spaß.

Wiederholen Sie diese Übung mit zunehmend mehr wiedereingesetzten Stiften, bis Sie sich mit der Öffnung des Schlosses mit allen Stiften wohl fühlen. Scheuen Sie sich nicht, die Übung mit Versuchen an den schwierigeren Schlössern, die Sie besorgt haben, zu unterbrechen. Wenn etwas gut funktioniert hat, halten Sie inne und konzentrieren Sie sich darauf, was Sie gerade getan haben, das so zum Erfolg führte. Früher oder später werden Sie sich mit einer ganzen Reihe verschiedener Schlösser wohl fühlen.

Um sich die Sache zu erleichtern, sollten Sie Ihren *Zylinderkernfüller* verwenden. Es ist ein wirklich unbezahlbares Werkzeug für Schlosser. Anstatt das Schloss in einer Tüte oder Kiste auseinander zubauen, um die fliegenden Stifte und Feder aufzufangen, schließen Sie das Schloss einfach auf, setzen den Füller auf die Oberfläche des Zylinderkerns und drücken. Der Füller hat genau die gleiche Größe, wie der Zylinderkern und wird die Stifte und Federn in ihrer vorgesehen Position festhalten. Der Kernzylinder wird nur die unteren Stifte beinhalten, die Sie tauschen können, um das Schloss neu zu beschlüsseln. Wenn Sie mit der Beschlüsselung fertig sind, nehmen Sie den Zylinderkern, um damit nunmehr den Zylinderfüller herauszuschieben. Mit dieser Methode haben die oberen Stifte und Federn keine Möglichkeit, verloren zu gehen. Um diese Übungen durchzugehen, müssen Sie allerdings die oberen Stifte und Federn entfernen. Passen Sie auf, dass Sie diese Kleinteile nicht verlieren.

Shims

Die Anwendung eines Shims oder Bleches ist ganz ähnlich wie das Umgehen, außer, dass Sie den Verschlussbolzen von außen anstatt von innen umgehen. Der Grundgedanke dabei ist, ein geeignetes Objekt in den Schließmechanismus einzuführen und so den Verschlussbolzen oder was auch immer den Bügel im Schloss fixiert, aus dem Weg zu räumen. Da die Mechanismen sich alle sehr unterscheiden, gibt es keine Standardmethode für das Shimmen eines Schlosses. Nichtsdestotrotz wollen wir Ihnen an dieser Stelle einige Beispiele vorführen.

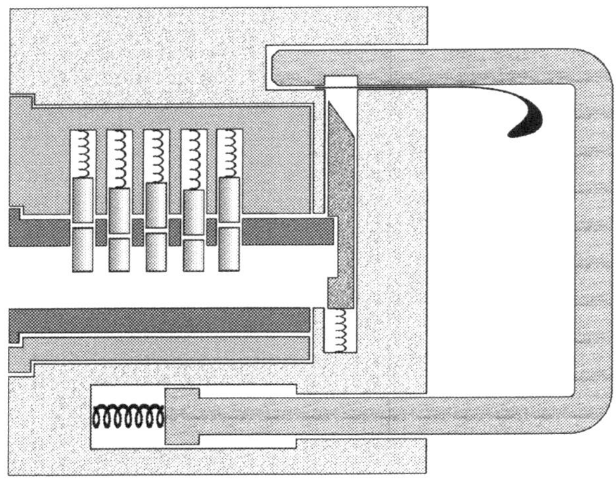

Shimmen eines Vorhängeschlosses

Das Shimmen eignet sich hervorragend für eine große Bandbreite von Vorhängeschlössern. Vorhängeschlösser verfügen im Allgemeinen über einen federgespannten Bolzen, der in eine Kerbe im Schlossbügel passt, um ihn im Schloss festzuhalten. In vielen Fällen hat der Verschlussbolzen eine angewinkelte Spitze, was ermöglicht, dass der Bügel geschlossen werden kann, ohne dafür erst das Schloss aufschließen zu müssen. Dies bedeutet, dass der Verschlussbolzen mit einer Federspannung ausgerüstet sein muss. Wenn Sie also ein sehr dünnes, aber stabiles Objekt parallel zum Bügel in das Schloss einführen können, wird es Ihnen manchmal möglich sein, den Verschlussbolzen aus dem Weg zu schieben und somit den Bügel freizugeben. Das erfordert natürlich, dass das Bügelloch des Schlosses ausreichend weit ist, um die Einführung Ihres Shims zu erlauben. Diese Methode können Sie auch bei Besatzungsvorhängeschlössern

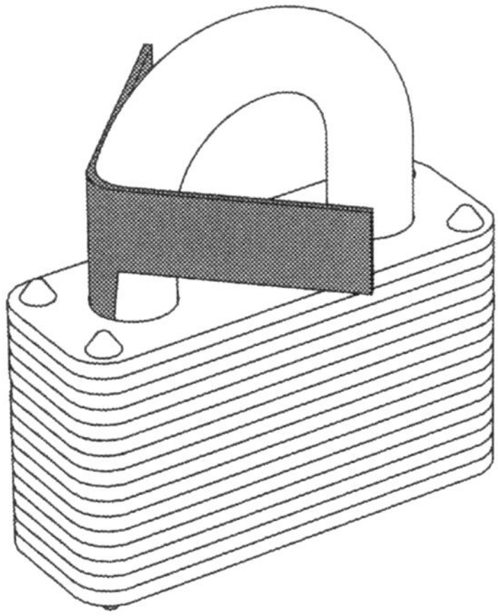

Shimmen eines Vorhängeschlosses

anwenden. Die eigentliche Schlossbauart ist nahezu gleichgültig.

Der Fachhandel bietet Shims, die ausdrücklich für das leichte Öffnen von Vorhängeschlössern entwickelt wurden. Sie werden aus dünnem aber widerstandsfähigem Material hergestellt, die leicht in das Vorhängeschloss eingeführt

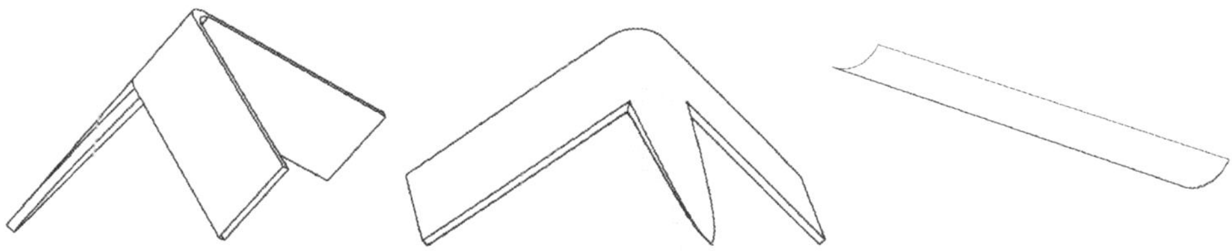

Vorhängeschloss Shims

werden können und eine Drehung erlauben, um so den Bolzen freizugeben. Shims sind vielfach angeschrägt, um Ihnen die Arbeit zu erleichtern.

Shimming funktioniert übrigens auch ganz hervorragend bei gewöhnlichen Türknöpfen, wie Sie in den U.S.A. üblich sind. Der Riegel ist der Teil des Schließbolzen-Mechanismus der aus der Tür heraus- und in den Türrahmen hineinragt und so die Tür geschlossen hält. Eine Seite des Riegels ist angewinkelt, so dass die Tür geschlossen werden kann, ohne dass man den Griff betätigt. Die Tür kann auch geschlossen werden, wenn das Griffschloss abgeschlossen ist. (Hier sei am Rande angemerkt, dass diese Art Schlösser im deutschsprachigen Raum zwar nicht sehr verbreitet sind, sich aber immer größerer Beliebtheit erfreuen. Bei Türknopfschlössern ist das eigentlich Schloss in den Türknopf integriert.) Die Tür lässt sich auch mit abgeschlossenem Schloss schließen, weil der Riegel eine Federspannung hat. Um solch ein Schloss zu öffnen, brauchen Sie nur ein Werkzeug in den Zwischenraum zwischen die Tür und den Rahmen zu schieben. Sie werden sicherlich schon mal gehört haben, dass man Kreditkarten für so etwas benutzt. Versuchen Sie dabei Ihre Karte nicht zu beschädigen (der Magnetstreifen ist sehr empfindlich). Die meisten Riegel haben allerdings einen zu widerstandsfähigen Federmechanismus, der ein stärkeres, anders geformtes oder besseres Werkzeug für diesen Zweck erfordert. Ertasten Sie den Riegel and schieben Sie ihn in die Tür zurück; die Tür wird sich öffnen. Obwohl es schwieriger ist, wenn Sie keinen Zugang zu der abgewinkelten Seite des Riegels haben, können Sie vermutlich trotzdem dieses Werkzeug nutzen können, um den Riegel in die Tür zurückzuschieben. Einige Türrahmen werden Ihnen mehr Widerstand leisten, indem Sie Ihnen den Zugang zum Riegel blockieren, als andere. Viele raffinierte kommerzielle Türknopfschlösser lassen sich auf diese Weise nicht öffnen. Sie verfügen über mehrere Riegel. Diese Anti-Pick Schlösser werden bei geschlossener Tür in die Tür geschoben. Der Mechanismus verhindert somit mechanisch, das der Hauptriegel in die Tür zurückgeschoben werden kann, ohne das eigentliche Schloss zu öffnen.

Shimming funktioniert eigentlich immer, wenn Sie es mit einem federgeladenen Schließbolzen zu tun haben. Aus diesem Grunde sind federlose Riegel (Deadbolts) normalerweise vorzuziehen. Sie können nicht erfolgreich geshimt werden, weil sie nicht federgeladen sind und somit nicht einfach in die Tür zurückgeschoben werden können.

Sie können auch andere Bauteile des Schließsystems manipulieren, um das Schloss zu öffnen. Nicht vergessen: oftmals können Sie das Schloss ganz umgehen. Seien Sie kreativ und denken Sie darüber nach, was Sie erreichen wollen, bevor Sie sich daran machen, das Schloss selbst zu öffnen. Zum Beispiel: Viele Autos können ganz einfach geöffnet werden, indem Sie ein Werkzeug and der Seite durch die Öffnung für das Seitenfenster schieben und damit die Stange des Schließmechanismus betätigen. Ein sogenannter „Slim Jim" wird für diesen Zweck benutzt. Ein Sperrtechniker oder jemand aus dem öffentlichen Dienst sollte aber sehr vorsichtig bei dieser Aktion sein, weil viele moderne Autos über enorm viel Elektronik und Verkabelung in den Türen verfügen. Neuere Modelle haben im Übrigen auch verschiedene Schutzvorrichtungen, um den direkten Zugang zu unterbinden. Jede Automarke und jedes Modell kann eine anders geformtes Werkzeug erfordern, um den gewünschten Mechanismus zu erreichen. Sie sollten immer erst das Handbuch für das betreffende Modell konsultieren, um sich zu vergewissern, dass diese Methode sicher und angemessen ist.

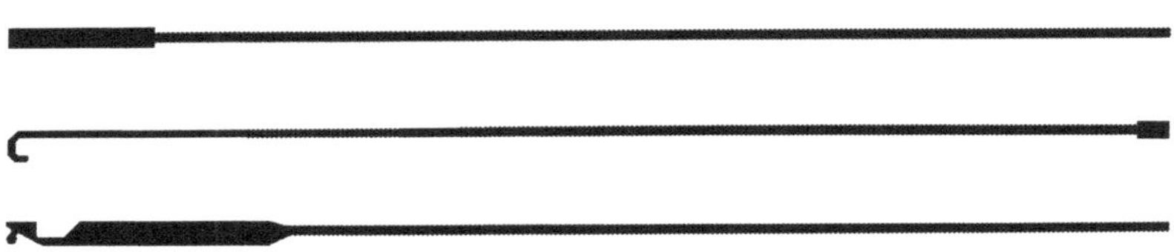

Werkzeuge zum Shimmen

Umgehungsöffnung

Manchmal ist es überhaupt nicht notwendig, sich mit dem Schloss zu befassen, um es zu öffnen. Sie können es in manchen Fällen einfach umgehen. Das nennt man dann *Umgehungsöffnung*. Es erfordert weniger Handfertigkeit als eine Öffnung des eigentlichen Schlosses, aber das Schloss muss diese Umgehung auch zulassen. Diese Methode funktioniert nur bei Niedersicherheitsschlössern, die am Ende des Schließkanals einen zugänglichen Schließbolzen haben. Viele Schreibtisch- und Schrankschlösser und einige Vorhängeschlösser sind so konstruiert. Das Konzept ist einfach. Schieben Sie Ihren Umgehungsdietrich ganz in das Schloss rein, wobei Sie die Stifte oder Scheiben völlig ignorieren. Versuchen Sie den Schließbolzen manuell mit Ihrem Werkzeug zu bewegen. Die Rückseite des Zylinderkerns hat vermutlich ein Schwanzteil, das den Schließbolzen dreht oder ein anderes Bauteil bewegt, um das Schloss zu öffnen. Was auch immer dieses Schwanzteil tun würde, Sie sollten versuchen, das gleiche mit dem Bolzen zu tun. Möglicherweise sind Sie in der Lage ihn aus dem Bügel oder Türschlitz heraus zu manipulieren und so das Schloss zu öffnen. Es ist ein ganz einfacher Vorgang, wenn Sie Glück haben und auf ein Schloss treffen, bei dem dies funktioniert.

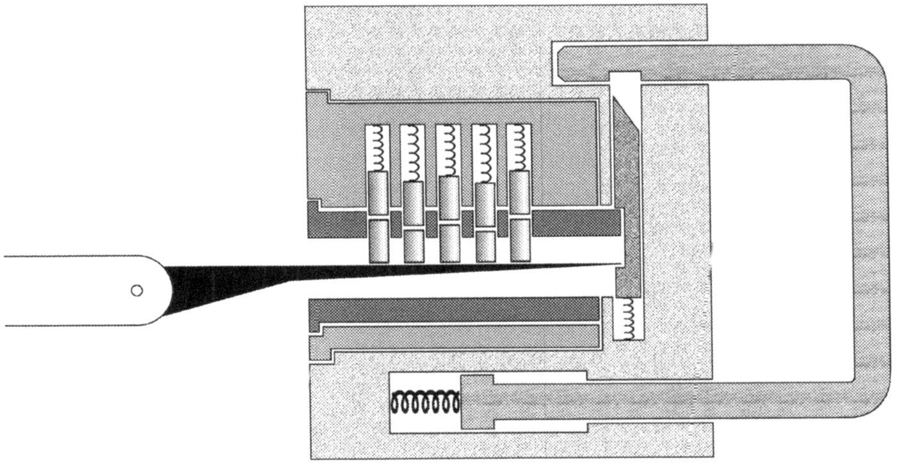

Umgehungsöffnung am Vorhängeschloss

Schlag- und Vibrationsöffnung

Richtig gemacht, können das Schlagöffnen und das Vibrationsöffnen die kürzesten Wege zum gewünschten Erfolg sein. Diese Methoden haben außerdem den Vorteil, dass sie keine großartigen Handfertigkeiten erfordern. Sie funktionieren bei fast allen Stiftschlössern, sind aber weniger erfolgreich bei Scheibenschlössern und somit für solche nicht empfehlenswert. Polizisten und andere Profies, die oftmals ein Schloss in einem Notfall öffnen müssen, wobei der Zeitfaktor ausschlaggebend ist, wenden diese Methode sehr häufig an. In vielen Fällen haben sie auch ganz andere Dinge, um die sie sich sorgen müssen, und haben schlichtweg weder Zeit noch Neigung die hohe Kunst des Schlossöffnens zu erlernen. Automatisierte Öffnungswerkzeuge sind sehr hilfreich, weil sie keine außergewöhnlichen Übungszeiten erfordern. Stattdessen können sie einfach das richtige Werkzeug nehmen und es nach einer nur kurzen Experimentierphase erfolgreich anwenden. Erfahrung ist aber auch hier sehr wichtig, um das rechte Feingefühl zu entwickeln. Auch diese Methode machen es notwendig, dass es sich bei dem zu öffnenden Schloss um ein Schloss handelt, dass sich gegebenenfalls auch durch die Umgehungsmethode öffnen lässt.

Tatsächlich gibt es zwei Methoden, die Sie anwenden können. Die erste ist ganz einfach. Ein Werkzeug mit einem Harken-Dietrich wird rasch über die Stifte hin und her bewegt. Dieses Bewegung veranlasst die Stifte dazu wild auf und ab zu vibrieren und es besteht die Hoffnung, dass dabei irgendwann die Scherlinie freigegeben wird und der Zylinderkern sich frei drehen lässt. Dabei muss ein angemessenes Drehmoment auf den Zylinderkern ausgeübt werden, um die oberen Stifte im richtigen Moment abzufangen und zu setzen. Diese Methode ist quasi eine Erweiterung der Hochgeschwindigkeitsharken Methode. Ein mechanisches System kann sich schneller und berechenbarer bewegen. Diese Eigenschaft ist in manchen Situationen durchaus sehr nützlich, aber leider auch weniger anpassungsfähig an eine Vielzahl von Schlosstypen.

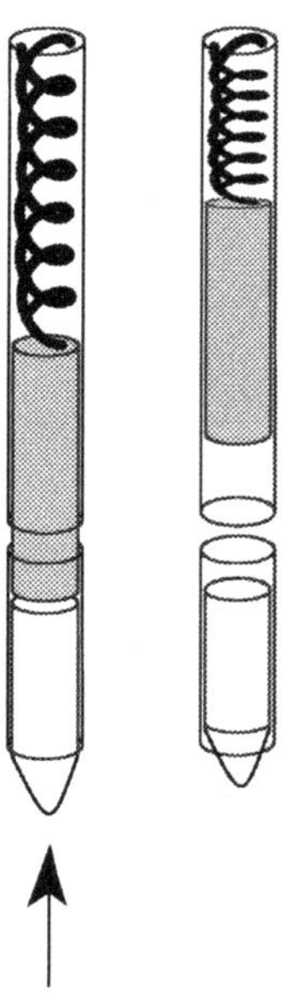

Die zweite Methode macht sich eine Schnappbewegung zu Nutzen. Ein flaches Werkzeug wird schnell gegen die Stifte geschnappt und schlägt auf alle gleichzeitig auf. Der physikalische Vorgang ist ähnlich wie beim Billard oder diesem merkwürdigen Schreibtischspielzeug, bei dem eine schwingende Kugel auf die zweite (ruhende) trifft und am anderen Ende die letzte Kugel die Bewegung der ersten Kugel fortsetzt. Das Kraftmoment der ersten Kugel wird vollkommen absorbiert und wird auf die zweite übertragen. Die Kraft wandert ungebremst weiter von Kugel zu Kugel, wobei die erste Kugel ihn der Aufschlagposition verharrt. Dieses Prinzip machen wir uns bei der Aufschlagmethode zu Nutzen. Bei dieser Öffnungsmethode werden die unteren Stifte mit gerade ausreichend Kraft angeschlagen, dass sich die Kraft auf die oberen Stifte überträgt und diese in das Schließzylindergehäuse treibt. Die unteren Stifte verbleiben dabei im Zylinderkern, weil sie die gesamte Bewegungsenergie an die oberen Stifte übertragen haben.

Sie müssen all diese theoretischen Aspekte nicht wirklich wissen und verstehen, um erfolgreich ein Vibrations- oder Schlagwerkzeug zu benutzen. Sie stecken es einfach in den Schließkanal, betätigen den Abzug und drehen den Spanner im genau richtigen Moment. Wenn Sie ein Schlagwerkzeug benutzen, müssen Sie sich vergewissern, dass sie die Mitte aller Stifte genau gerade und gleichzeitig treffen. Das bedeutet, dass die Klinge genau parallel zum Schließkanal liegen muss. Einige Schlagwerkzeuge verfügen über abgeschrägte Klingen, um Ihnen zu erlauben, das Werkzeug im Winkel zu halten, wenn Sie auf engem Raum arbeiten. Dieser erfordern etwas mehr Übung, um sicher zu gehen, dass die Klinge immer genau parallel zum Schließkanal liegt und auf alle Stifte gleichzeitig aufschlägt. Unterschiedliche Schlösser erfordern unterschiedlichen Kraftaufwand, um die Stifte richtig abprallen zu lassen. Wenn das Schloss verschmutzt ist, kann es passieren, dass die Stifte nicht in ihren Kanälen frei schwingen können.

Sie benötigen eine geeignete *Perkussionspistole*. Hierbei handelt es sich um ein Werkzeug, dass Sie in einer Hand halten. Es hat für gewöhnlich einen Abzug, den Sie mit Ihrem Finger drücken, um die Vibration zu verursachen. Einige erfordern, dass Sie drücken und loslassen, um den Schnappeffekt auszulösen. Nicht vergessen, dass Sie auch mit diesem noch den Spanner benötigen. Führen Sie den Pick der Perkussionspistole ganz in den Schließkanal ein, setzen Sie den Spanner an, üben etwas Drehdruck aus und dann drücken Sie den Abzug. Bewegen Sie die Pistole während des Öffnens auf keinen Fall vertikal oder lateral? Wenn der Pick auf die Stifte aufschlägt und aufwärts treibt, benutzen Sie Ihren Spanner, um die oberen Stifte mit dem Zylinderkern festzusetzen, während sie in das Schließzylindergehäuse springen.

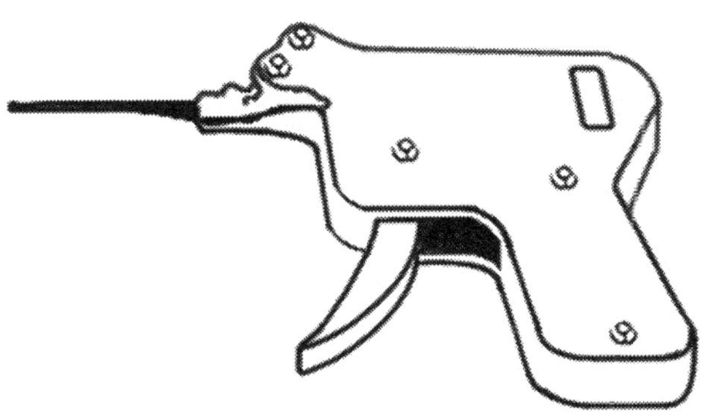

Perkussionspistole

Schnapppistolen können Sie sich aus einem Stückchen steifen Draht leicht selber basteln. Wenn Sie eine kreative Ader haben, oder unter Zugszwang stehen, tut's auch eine improvisierte Version. Sie können sich dafür einen Kleiderbügel, eine Wäscheklammer oder was auch immer Sie finden können, das federnde Eigenschaften hat, umfunktionieren. Benutzen Sie Ihre Fantasie, um Ihre neuen automatischen Dietrich zu basteln, oder kaufen Sie einfach einen im Fachhandel. Einige dieser Werkzeuge vibrieren die Stifte, andere versuchen alle Stifte gleichzeitig in die richtige Position zu schnappen. Es gibt auch moderne elektrische und batteriebetriebene Vibrationswerkzeuge. Es wird allerdings vielfach angenommen, dass diese elektrischen Werkzeuge weniger effektiv und etwas umständlicher in der Handhabung sind.

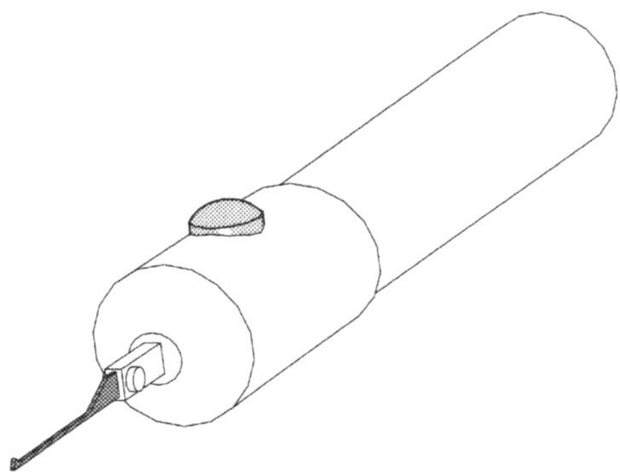

Elektrischer Dietrich

Ein Schlüsselrohling kann mit den tiefst-möglichen Einschnitten unter Auslassung einiger Erhöhungen und Schrägen versehen werden. Diese Art Schlüssel wird vielfach als Notschlüssel, *999er Schlüssel* oder *Prallschlüssel* bezeichnet. Der Schlüssel wird so in das Schloss eingeführt, dass die Erhöhungen gerade eben die Stifte berühren. Dann wird der Schlüssel rasch und kraftvoll ganz in den Schlüsselkanal eingestoßen. Sobald der Schlüssel ganz eingeführt ist, muss er gedreht werden. Dieser gesamte Vorgang muss rasch genug ausgeführt werden, dass die oberen Stifte keine Möglichkeit haben, wieder in ihre Ausgangsposition zurückzuspringen. Viele Sperrtechniker benutzen einen Hammer, Schraubenzieher oder sonstiges geeignetes Werkzeug, um den Schlüssel in die korrekte Position zu schlagen. Diese Aktion treibt die Stifte aufwärts und über die Scherlinie. Dabei ist es wichtig, dass jeder der Erhöhungen ihren Stift genau gleichzeitig anschlägt. Wenn es sich um ein Schloss handelt, das nicht wie gewünscht auf die Schlag- oder Vibrationsmethode reagiert, werden Sie sich leider doch die Mühe machen müssen, eine der weiter oben beschriebenen Methoden

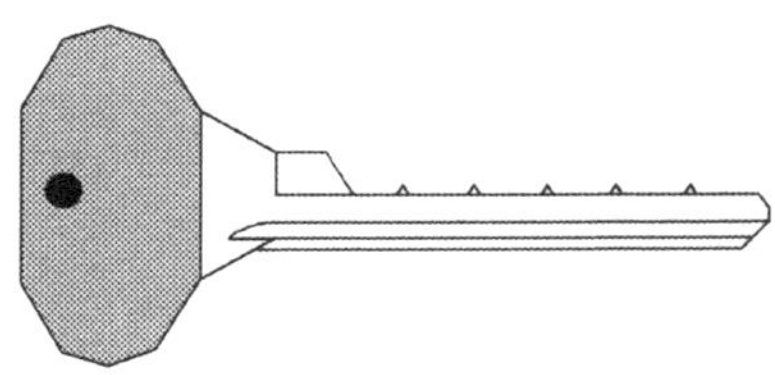

Notschlüssel

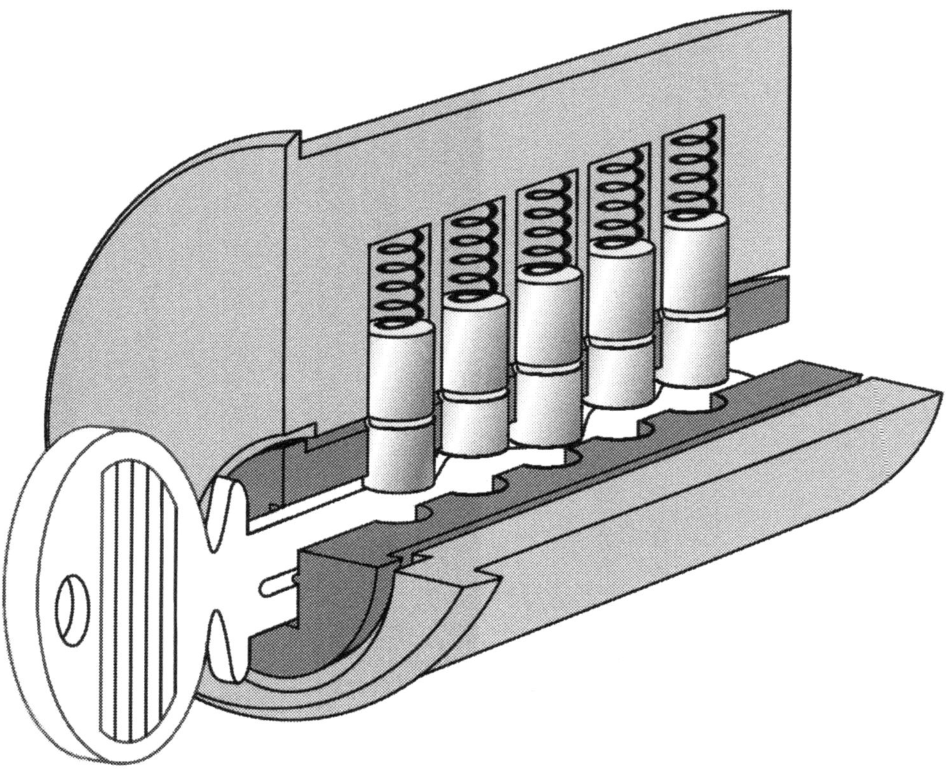

3

Moderne Stiftschlösser

Moderne Stiftschlösser

Schlösser und die zugrunde liegenden Technologien werden ständig weiter entwickelt. Die Hersteller versuchen kontinuierlich, sich einen Marktvorteil zu verschaffen, indem sie die Sicherheit der Schlösser, die sie anbieten, verbessern. Gleichzeitig sind sie aber auch bestrebt, Gewinne zu machen. Sie versuchen also auch die Schlösser so kostengünstig wie möglich herzustellen. Die meisten Verbraucher sorgen sich nicht allzu sehr um Sicherheit und glauben, ein Schloss sei so gut, wie das andere. Aus diesem Grunde ist Preis durchaus ein entscheidender Faktor und deshalb werden die meisten Schlösser, die Sie finden, relativ billig und leicht zu öffnen sein.

Dies ist aber nicht immer der Fall. Diejenigen, die einen höheren Grad von Sicherheit wünschen, können unter einer großen Bandbreite von Hochsicherheitsschlössern auswählen. So leicht es auch ist, zu lernen, ein billiges Schloss ohne Schlüssel zu öffnen, so schwierig kann es sein, qualitativ bessere Schlösser zu öffnen. Das Erlernen des Öffnens eines qualitativ besseren Schlosses ist eine wesentlich größere Herausforderung, die wesentlich mehr von Ihrer Zeit in Anspruch nehmen wird. Sie müssen ein Feingefühl für sich selbst und für das Schloss entwickeln. Ihre Finger müssen auch die kleinsten Vibrationen wahrnehmen und in der Lage sein, die Vorgänge innerhalb des Schlosses genauestens zu ertasten.

Teurere Schlösser werden auf wesentlich engere Toleranzen hin hergestellt. Das bedeutet für Sie, dass Sie viel weniger Raum für Fehler haben und entschieden genauer arbeiten müssen. Der Zylinderkern hat wesentlich weniger Spielraum, es wird ungemein schwieriger die Stifte zu halten und Sie sind gezwungen, die Stifte in eine genauere Position zu bringen, um sie zu setzen. Aber es wird noch heftiger. Der Hersteller des Schlosses kann auch versuchen, Sie in die Irre zu führen. Sie können Stifte einbauen, die Ihnen vorgaukeln können, dass Sie sie gesetzt haben, obwohl sie in Wirklichkeit nach wie vor klemmen und somit den Zylinderkern sicher in seiner Position festhalten. Oder der Hersteller kann einen sogenannten toten Stifte anstelle eines normalen Stiftes in das Schloss integrieren. Solch ein Stift ist solide und in seiner Position fixiert. Er ist nicht federgeladen und lässt sich nicht auf und ab bewegen. Solche Stifte werden in die Schlösser eingebaut, um zu verhindern, dass falsche Schlüssel oder Dietriche benutzt werden können, um das Schloss zu öffnen.

Dieses Kapitel wird sich mit verschiedenen Abwandlungen an traditionellen Stiftschlössern befassen, die die Hersteller vornehmen, um die Sicherheit der Schlösser zu verbessern. Wir werden Ihnen auch einige Techniken aufzeigen, die Ihnen helfen werden, derartige Schlösser leichter zu öffnen.

Zylinder Dreher

Wenn Sie sich erst mal mit verschiedenen Schlössern beschäftigt haben, werden Sie feststellen, dass jedes Schloss seine ganz eigene Persönlichkeit hat. Erinnern Sie sich an die Falschausrichtung der Stifte, die das Binden in einer ganz bestimmten Reihenfolge verursacht? Nun, das bedeutet, dass, wenn Sie das Schloss im Uhrzeigersinn öffnen, dann binden die Stifte in genau der entgegensetzten Reihenfolge, wie wenn Sie es gegen den Uhrzeigersinn öffnen würden. Manchmal ist es wesentlich einfacher das Schloss in eine Richtung zu öffnen als in die andere. Das stellt kein Problem dar, wenn die einfachere Richtung sowieso die Richtung ist, in die Sie den Kern drehen wollen. Allerdings ist es natürlich ein Problem, wenn die einfachere Richtung genau entgegengesetzt zu der von Ihnen gewählten Richtung ist. Viele Schlösser lassen sich nur in eine vorgegebene Richtung öffnen. Es kann Ihnen passieren, dass Sie sich in einer Situation wiederfinden, wo Sie sich sehr viel Mühe mit der Öffnung in eine Richtung gegeben haben und dann feststellen müssen, dass Sie den Kern in die falsche Richtung zu drehen versucht haben. In solchen Fällen können sie ein Werkzeug benutzen, dass allgemein unter der Bezeichnung Zylinderkern Dreher bekannt ist, um den Kern rasch über die Verschlussposition hinaus und in die Öffnungsposition hinein zu drehen. In der unten stehenden Zeichnung sehen Sie ein Beispiel für einen häufig verwendeten Kerndreher. Da der Kerndreher den Kern mit einer sehr hohen Geschwindigkeit über den Verschlusspunkt dreht, haben die federgeladenen Gehäusestifte keine Gelegenheit in ihre Bohrungen im Kern zurückzuspringen. Das hindert den Kern am Schließen und erlaubt Ihnen, das Schloss in der für Sie einfacheren, wenn auch falschen, Richtung zu öffnen.

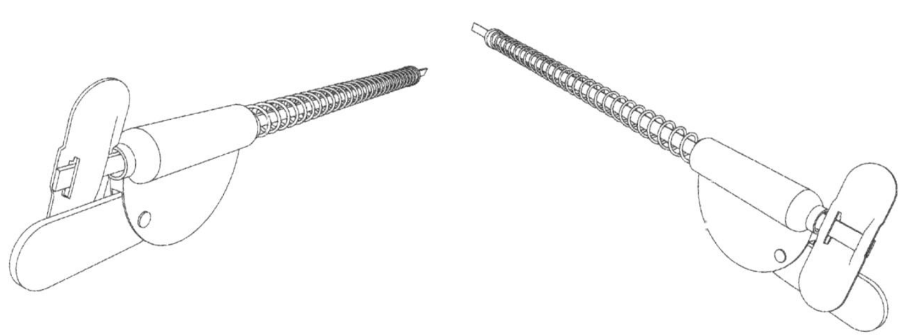

Zylinderkern Dreher

Abgerundet und Abgeschrägt

Wenn Sie in das Schlüsselloch eines Stiftschlosses schauen, wird Ihnen vermutlich auffallen, dass die Kernstifte unten etwas abgerundet zu sein scheinen. Diese Abrundungen erleichtern ihnen das Auf- und Abrutschen an den Erhebungen des Schlüssels, wenn er eingeführt oder rausgezogen wird. Wenn die Kernstifte nicht abgerundet wären, würden Sie am Schlüssel blockieren und es würde sehr schwierig sein, den Schlüssel einzustecken oder rauszuziehen.

Die Kernstiftenden auf der Scherlinienseite sind anders konstruiert. Sie sind normalerweise flach oder leicht kurvig abgeschrägt, um eine Drehung des Zylinderkerns zu erlauben. Um so enger die Toleranzen sind, desto exakter muss der Schlüssel den Stift auf genau die richtige Höhe anheben. Manchmal ist dies jedoch nicht der Fall. Der Hersteller kann auch die Enden der Stifte abrunden, die an der Scherlinie liegen. Die Eingänge zu den einzelnen Bohrungen im Zylinderkern und im Gehäuse können auch abgeschrägt sein. Abrunden und Abschrägen erlaubt den Herstellern, billigere Materialien zu verwenden und reduziert somit die Toleranzen für den Schlüssel, um das Schloss zu öffnen. Wenn beide Methoden angewendet werden, können die Stifte ohne weiteres in einer etwas abweichenden Höhe sitzen und sie rutschen trotzdem in die richtige Position, wenn der Kern gedreht wird. Diese Art Stifte reduzieren aber nicht nur die Toleranzgrenzen, sie verlängern gleichzeitig die Lebensdauer des Schlosses. Beide Effekte reduzieren sowohl die Herstellungs- als auch die Instandhaltungskosten dieser Schlösser.

Bei billigen Schlössern sind sowohl beide Enden der Stifte abgerundet als auch beide Bohrungen abgeschrägt. Dies kann Ihnen das Harken enorm erleichtern, weil es Ihnen wesentlich mehr Spielraum und Flexibilität für Ihr Bemühen, die Stifte zu bewegen, bietet. Allerdings können diese Winkel und Kurven Ihnen beim Öffnen durchaus auch Probleme bereiten. Die Stifte können sich an der Abwinkelung verfangen oder die abgerundeten Stifte können sich am Ausgang der Bohrung verfangen. Wenn ein solcher Stift festgehalten wird, lässt sich sein Verhalten sehr leicht mit dem eines gesetzten Stiftes verwechseln. Da solch ein Stift aber nicht in der korrekten Höhe sitzt, kann er immer noch verhindern, dass der Zylinderkern gedreht wird. Wenn Sie ein billiges Schloss vorfinden, das sich leicht picken zu lassen scheint, und der Zylinder sich etwas drehen lässt, aber nicht ausreichend weit, um das Schloss zu öffnen, dann haben Sie es sehr

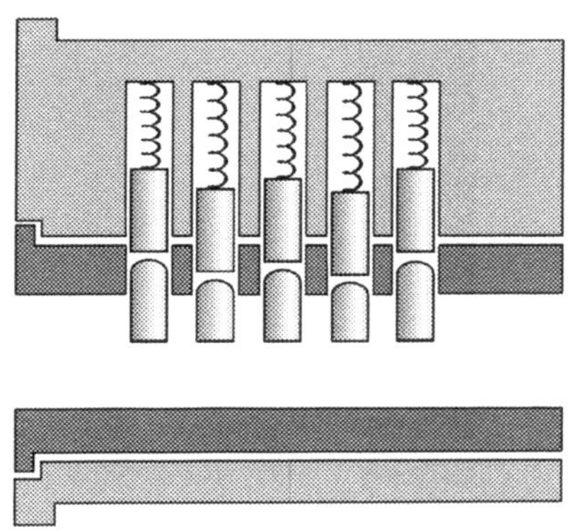

Abgerundete Kernstifte

wahrscheinlich mit einem Schloss zu tun, das sowohl abgerundete Stifte als auch abgeschrägte Bohrungen hat.

Wenn es sich um ein billiges Schloss handelt, sollten Sie erwägen, das Hochgeschwindigkeitsharken auszuprobieren. Viele minderwertige Schlösser können ohne weiteres in weniger als einer Sekunde geöffnet werden, wenn Sie das richtige Feingefühl haben. Gelegentlich nutzen die Hersteller abgerundete Stifte und abgewinkelte Bohrungen eher um den Sicherheitsgrad zu erhöhen, als um die Herstellungskosten zu senken. Wenn beispielsweise die unteren Enden der Kernstifte abgerundet sind, kann das Abtasten und somit das Setzen und Öffnen enorm erschwert werden.

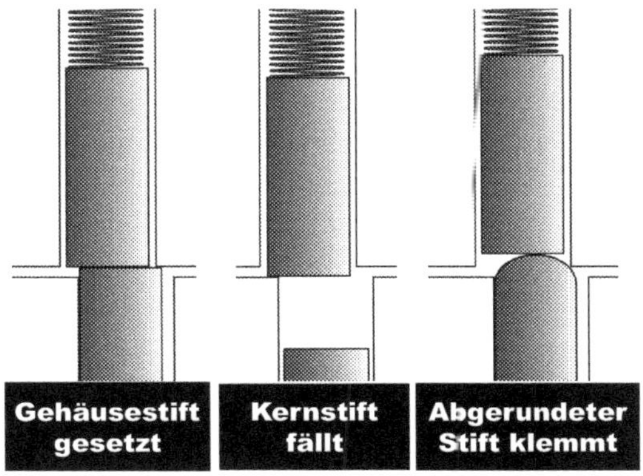

Abgerundete Stifte neigen dazu, sich knapp über der Scherlinie zu verklemmen. Wenn Sie nicht in genau dem Moment aufhören, den Stift mit Ihrem Pick aufwärts zu drücken, in dem die Scherlinie erreicht wird, wird das schmalere Ende des Stiftes in die Gehäusebohrung eindringen. Der Kernzylinder wird sich etwas drehen lassen, während der Stift die Scherlinie überschreitet und in das Gehäuse eindringt bis sich der abgerundete Kopf des Stiftes verfängt und ihn so in dieser Position bindet. Da jetzt der Kernstift teilweise im Gehäuse festsitzt, werden Sie den Zylinder nicht drehen können.

Wenn Sie ein ausreichendes Drehmoment ausüben, wird sich der Stift vollständig verklemmen, anstatt in den Kern zurückfallen zu können. Wenn es ich um den Kernstift handelt, der abgerundet ist, so wird Ihnen dieses leicht auffallen, denn der Kernstift wird sich weigern in den Kern zurückzufallen, nachdem Sie ihn gesetzt haben. Die Stifte müssen nicht unbedingt abgerundet sein. Solange die Seiten der Stifte am Scherlinien Ende abgeschrägt sind, kann dies Probleme verursachen und es besteht die Gefahr des Verklemmens beim Öffnen.

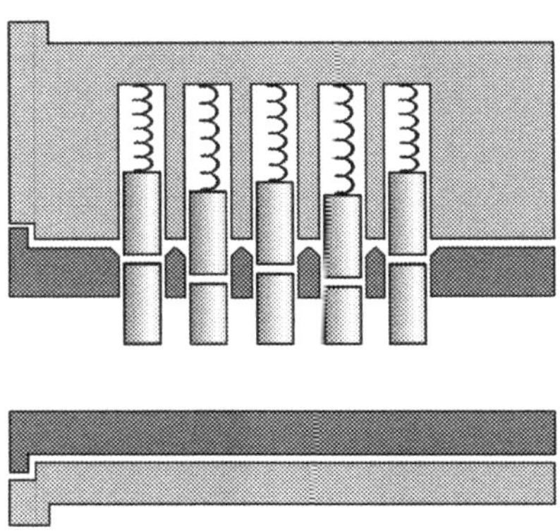

Abgeschrägte Kern Bohrungsränder

Abgeschrägte Löcher können ein ähnliches, wenn auch anderes herausforderndes Problem darstellen. Abgeschrägte Löcher können Ihnen im Zusammenspiel mit abgerundeten Stiften das Öffnen sehr erschweren. Wenn Sie versuchen, das Schloss zu picken, werden Sie einen Aufwärtsdruck auf den Gehäusestift ausüben, den Sie über der Scherlinie zu setzen hoffen. Sie lauschen und warten auf den leisen Klick, der das Setzen begleitet. Wenn die Bohrungen des Zylinderkerns abgeschrägt sind, wird das ein sehr interessantes Verhalten verursachen. Sobald der Gehäusestift fast schon die Scherlinie freigibt, erlauben die Abschrägungen der Bohrungen im Zylinderkern eine größere Bewegungsfreiheit für den Stift. Sie werden fühlen, wie der Zylinderkern anfängt, sich leicht drehen zu lassen. Dann kann es plötzlich passieren, dass ein anderer Stift bindet, sobald Sie den Zylinderkern etwas drehen. Sie werden nun den neuen Stift manipulieren müssen, anstatt mit der Arbeit am ersten Stift fortzufahren. Aus diesem Grunde sind Sie bei Schlössern mit abgeschrägten Kernbohrungsrändern vielfach gezwungen einzelne Stiftsäulen wiederholt zu setzen, bevor die gesamte Scherlinie freigegeben wird.

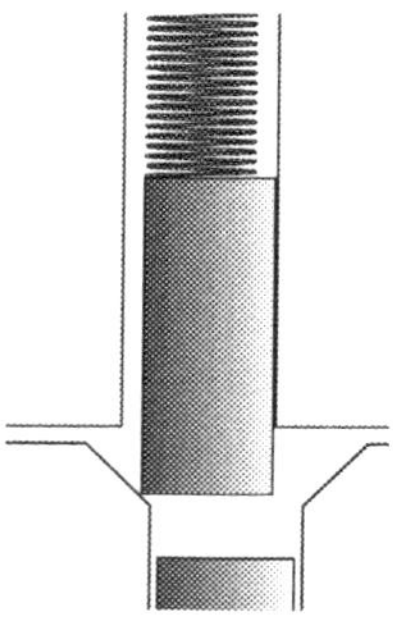

Stift verklemmt sich an der Abschrägung

Abhängig von der jeweiligen Konfiguration der abgerundeten Stifte und schrägen Kanten, kann es Ihnen auch passieren, dass sich ein Gehäusestift jenseits der Scherlinie verklemmt. Wenn das passiert, wird der Kernstift natürlich frei fallen, als ob Sie ihn korrekt gesetzt hätten. Nehmen Sie Ihr Drehmoment etwas zurück und versuchen Sie, die Stifte etwas höher zu drücken, um sie korrekt zu setzen. Aber lassen Sie Vorsicht walten. Nicht, dass Sie zu hart und zu weit drücken, was in letzter Konsequenz dazu führen würde, dass jetzt der Kernstift klemmen wird. Wenn das passiert, können Sie einfach wieder ein bisschen vom Drehmoment zurücknehmen, um ihn in die korrekte Position zurückfallen zu lassen. Schwingen Sie ihn mit Ihrem Pick vor und zurück oder harken Sie leicht drüber. Die Kraft der Feder, die von oben auf die Stifte drückt, wird Ihnen dabei helfen. Sie werden einfach einige der Stiftsäulen mehr als einmal picken müssen, um das Schloss zu öffnen; oder Sie nehmen Ihr Drehmoment ganz weg und fangen von vorne an.

Je nach Anwendung und Zweck der Abrundungen und Abschrägungen können Schlösser schwieriger zu öffnen, leichter herzustellen oder langlebiger sein. Sie werden eventuell einige Stifte wiederholt harken oder picken müssen, um sie korrekt zu setzen. Vielleicht müssen Sie zu einem vorher gesetzten Stift zurückkehren, um ihn erneut zu setzen, nachdem Sie einige andere Stifte gesetzt haben, wodurch Sie nun in der Lage sind, den Zylinderkern etwas weiter zu drehen. Letztendlich wird sich Ihre Geduld aber auszahlen und Sie werden das Schloss öffnen können.

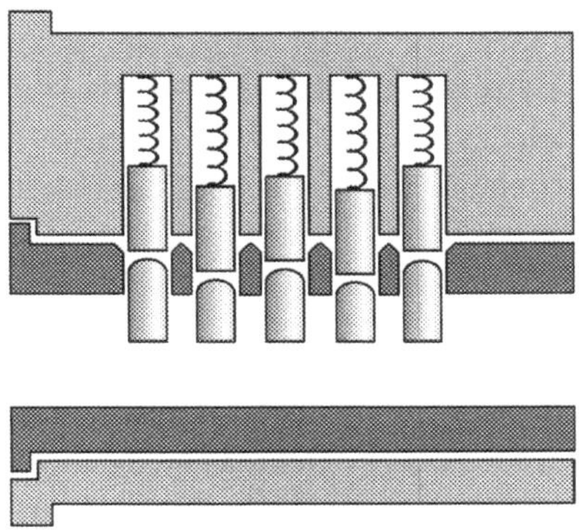

Abgerundet und Abgeschrägt

Generalschlüssel

Viele Anlagen und Gebäude können über eine große Anzahl von verschiedenen Schlössern verfügen. Ein Hotel, zum Beispiel, benötigt für jedes Zimmer ein anderes Schloss, d.h. es kann sich um Hunderte oder sogar Tausende von Schlössern handeln. Es wäre nicht sehr praktisch für die Besitzer oder das Personal für jedes Schloss einen anderen Schlüssel benutzen zu müssen. In solchen Fällen kann es einen *Generalschlüssel*, mit dem man alle Schlösser schließen kann, geben. Oder es kann einen Schlüssel geben, der für alle Instandhaltungsräume und das Raumpflegepersonal funktioniert, und einen anderen Schlüssel, der all diese und außerdem einige der Büros für das Sicherheitspersonal schließt und vielleicht ein weiterer Schlüssel für alle öffentlichen Räume und die Hausmeister Loge. Es gibt viele verschiedene Zugangsschemen, von denen die meisten mehr als einen Schlüssel erfordern, um mehr als ein Schloss zu bedienen. Viele Apartmenthäuser, Dormitorien, Motels, Krankenhäuser und öffentliche Einrichtungen mit einer Vielzahl von Zimmern verwenden solch ein Schließsystem.

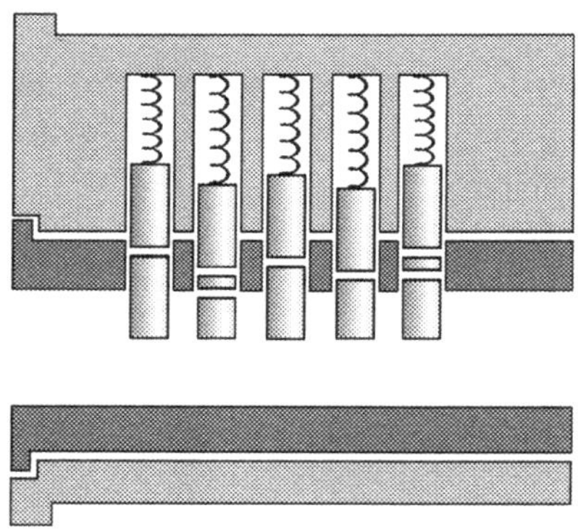

Generalschlüssel Schloss

Solche Schlösser zu picken kann manchmal einfacher sein als ein gewöhnliches Stiftschloss. Sperrtechniker, die solche Schlösser installieren, wissen das natürlich und installieren zusätzliche Sicherheitsvorkehrungen, sofern das Budget es erlaubt. Aber lassen Sie uns zunächst einmal das einfache Generalschlüssel Schloss Design betrachten. Diese Schlösser haben zusätzliche Stifte in den Stiftsäulen zwischen Kernstift und Gehäusestift. Diese werden *Trennstifte* oder auch Master Stift, Mittel Stift, Abstandhalter, oder Masterscheibe genannt. Es ist jetzt möglich den Stift Stapel aufwärts auf eines von zwei möglichen Niveaus zu drücken, um an der Scherlinie eine Lücke zwischen den Stiften zu schaffen und somit das Öffnen zu ermöglichen. Auf diese Weise kann das selbe Schloss mit zwei verschiedenen Schlüsseln geöffnet werden. Ein anderen Schloss kann die selben Trennstifte haben, aber die Kernstifte sind anders geschnitten, so dass das Schloss zwar mit dem selben Generalschlüssel betätigt werden kann, aber ein anderer Benutzerschlüssel erforderlich ist.

Wenn Sie Pflegearbeiten an einem Generalschlüssel Schloss ausüben, dürfen Sie nicht vergessen, auch wenn Sie einen Kernzieher benutzen, um den Zylinderkern zu entfernen, dass einige der Trennstifte noch im Kern befindlich sein können, während andere sich im Gehäuse befinden. Wenn Sie bei der Neubeschlüsselung diese zusätzlichen Stifte im Gehäuse außer acht lassen, kann es passieren, dass das Schloss nicht korrekt funktioniert und die Sicherheit des Schlosses erheblich reduziert wird.

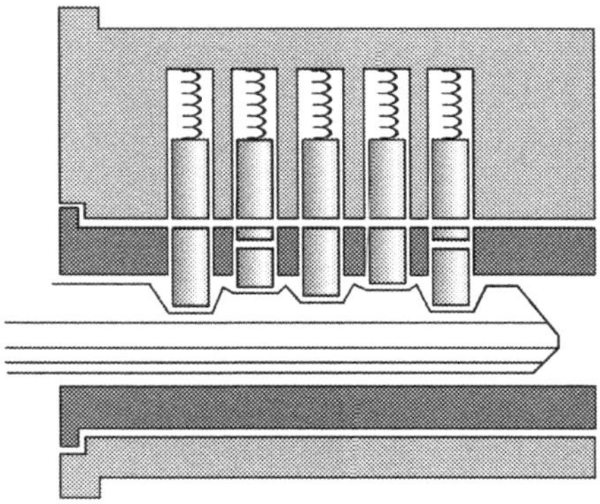

Benutzerschlüssel

Mit diesen kleinen Trennstiften müssen Sie sich auch vorsehen, nachdem Sie das Schloss geöffnet haben. Wenn Sie den Zylinderkern komplett umdrehen (180°), kann es vorkommen, dass die Trennstifte auf den Boden des Schließkanals fallen und sich dort verklemmen. Wenn Sie den Zylinderkern so weit drehen, müssen Sie sicherstellen, dass der Schließkanal von Trennstiften freigehalten wird. Dies stellt nur ein Problem dar, wenn der Schließkanal unten offen ist und die Öffnung groß genug ist, den gesamten Stift oder auch nur einen Teil des Stiftes durchfallen zu lassen. Sie können Ihren Pick oder ein anderes Werkzeug verwenden, um die Trennstifte am Durchfallen zu hindern. Wenn sie sich trotzdem zu einem Problem entwickeln sollten, können Sie immer einen Extraktoren einsetzen oder einen starken Magneten zu Hilfe nehmen, um die Trennstifte zu entfernen. Dies bedeutet aber, dass Sie die Stifte für alle Schlüssel ersetzen müssen, um das Schloss wieder funktionsfähig zu machen. Sehen Sie sich also vor.

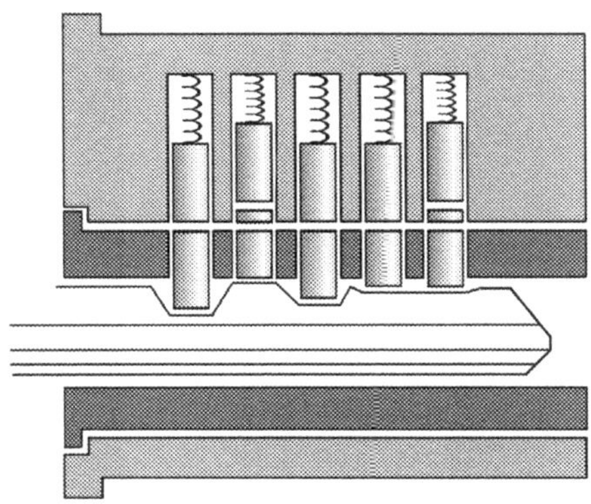

Generalschlüssel

Im Allgemeinen hebt der Generalschlüssel die Kernstifte bis zur Scherlinie an, während der Benutzerschlüssel die Trennstifte auf die Höhe der Scherlinie bringt. Bei diesem System wird der Generalschlüssel flachere Einschnitte haben als die Benutzerschlüssel. Wenn dies nicht der Fall wäre, dann könnte jemand einfach die Zähne eines Benutzerschlüssels abfeilen, um einen Generalschlüssel zu erstellen.

Dieses Design ermöglicht die Verwendung von mehr als einem Schlüssel, um das Schloss zu betätigen, was das Picken solcher Schlösser erwartungsgemäß einfacher gestaltet. Es stehen Ihnen mehr Stift Höhen Möglichkeiten zur Verfügung, so dass Sie eine bessere Chance haben, die Stifte in der richtigen Höhe zu setzen, wenn Sie sie picken. Wenn es nur einen Trennstift gibt, gibt es zwei Möglichkeiten das

Schloss zu öffnen. Bei zwei Trennstiften, steigt die Zahl der Möglichkeiten bereits auf vier. Stellen Sie sich jetzt bitte aufwendigere Generalschlüssel Einrichtungen mit mehreren Trennstiften vor. Drei Trennstifte ergeben acht mögliche Kombinationen. Vier Trennstifte schaffen 16 mögliche Kombinationen. Einige dieser Kombinationen können unbeabsichtigt sein und für diese wird es keinen speziellen Schlüssel geben. Aber Sie können dieses Schloss selbstverständlich ohne weiteres öffnen, indem Sie sich die vielen Möglichkeiten zu Nutzen machen.

Die Zahl der Kombinationen kann bei umfangreichen Installationen dramatisch ansteigen, was das Picken solcher Schlösser erheblich erleichtert. Sperrtechniker sind sich dessen durchaus bewusst. Aus diesem Grunde werden einige der Stifte mit ausgeklügelten Formen versehen, um Sie in die Irre zu führen. Wir werden diese speziellen Hoch-Sicherheitsstift Designs im nächsten Abschnitt besprechen.

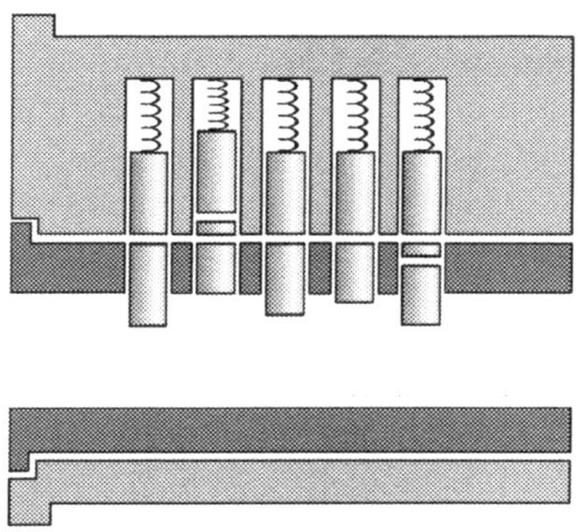

Pickbare Option ohne Schlüssel

Hoch-Sicherheitsstifte

Hoch-Sicherheitsstifte sind normalen Stiften ganz ähnlich, naja, fast. Sie dienen dem gleichen grundlegenden Zweck. Sie sind federgeladen und brechen an der Scherlinie, genau wie ihre einfacheren Geschwister. Ihre Vorteile werden offensichtlich, wenn Sie versuchen, sie zu picken. Sie werden Ihnen vorgaukeln, dass Sie sie gesetzt haben, obwohl sie die Scherlinie in Wirklichkeit überhaupt noch nicht freigegeben haben. Wenn Sie glauben, den Stift gesetzt zu haben, werden Sie zum nächsten übergehen und immer so weiter, bis Sie überzeugt sind, alle Stifte korrekt gesetzt zu haben. An dieser Stelle werden Sie bemerken, dass irgendetwas schief gelaufen ist, denn der Zylinderkern wird sich wacker weigern, sich drehen zu lassen. Er mag durchaus leicht drehbar sein, wird sich aber nicht öffnen lassen. Das liegt dann daran, dass mindestens einer der Sicherheitsstifte fälschlich zu niedrig gesetzt wurde und somit die Scherlinie weiter blockiert.

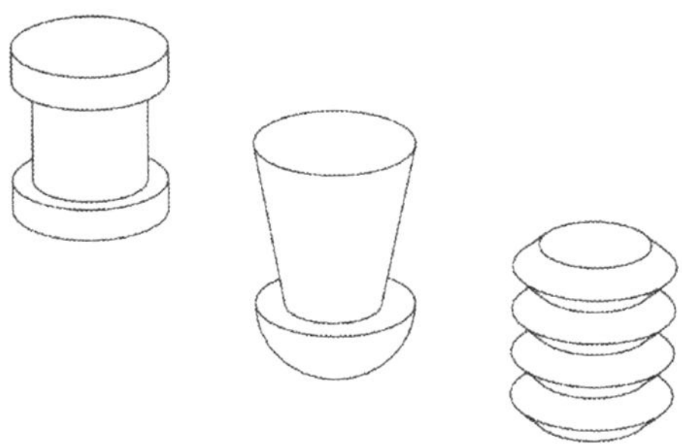

Beispiele für Sicherheitsstifte

Normalerweise sind die Gehäusestifte oben mehr oder weniger flach und haben einen flachen Boden. Sie können natürlich abgerundet sein, wie wir bereits im vorangegangenen Abschnitt besprochen haben. Beachten Sie, dass die Seiten der Gehäusestifte glatt sind. Sie können problemlos in der Säulenbohrung auf und ab gleiten. Die Seiten von Sicherheitsstiften haben abgewandelte Formen und erschweren so das Picken. Bedenken Sie aber, dass die Illustrationen in diesem Abschnitt stark übertrieben sind, um das Prinzip zu veranschaulichen.

Der Pilzkopf Stift wird so genannt, weil seine Form in etwa die Form eines Pilzes hat. Er kann genau wie ein normaler Stift installiert und benutzt werden. Die Einbuchtung in der Seite ermöglicht es dem Stift falsch zu setzen, wenn er mit einem Pick aufwärts geschoben wird. Die obere Kante des Kopfes des Stiftes wird das Gehäuse berühren, was den falschen Satz verursacht. Der Gehäusestift verbleibt somit zwischen dem Zylindergehäuse und dem Zylinderkern stecken und der Kernstift wird frei fallen, sobald Sie den Aufwärtsdruck Ihres Picks weglassen. In Wirklichkeit haben Sie die Stiftsäule noch gar nicht weit genug angehoben und der Pilzkopf Stift steckt weiterhin im Zylinderkern.

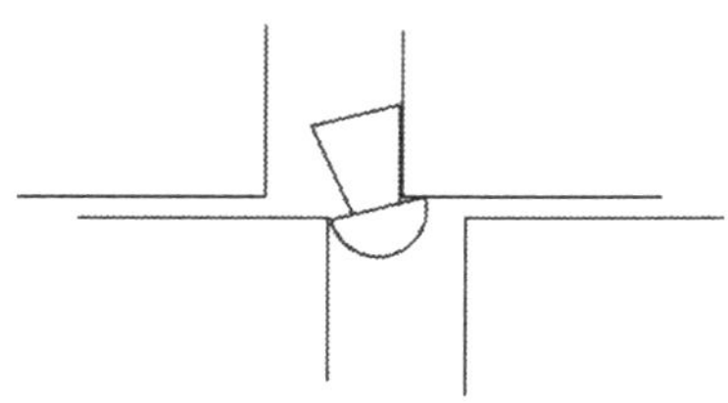

Pilzkopf Stift bindet

Da sich die Oberkante des Kopfes des Pilzkopf Stiftes an der Kante des Bohrlochs des Zylindergehäuses verfängt, wird es Ihnen möglicherweise nicht gelingen den Stift weiter hoch zu schieben. Sie können dieses Problem lösen, indem Sie Ihren Drehmoment Druck etwas zurück nehmen. Das ermöglicht dem Pilzkopf Stift vollständig durch das Loch zu passen. Unter Umständen müssen Sie den Stift leicht anklopfen, um ihn korrekt und vollständig zu setzen. Den breiteren Kopf über die Scherlinie und vollständig in das Gehäuse zu treiben, wird den Stift veranlassen leicht rückwärts zu rotieren. Ausgeprägtes Feingefühl und ein federgeladener Spanner werden Ihnen helfen, genau das richtige Drehmoment auf den Rest des Stiftes auszuüben. Allerdings ist es möglich, dass sich dabei vorher gesetzte Stifte wieder lösen und neu gesetzt werden müssen. Keine Sorge, Sie können jederzeit zu den normalen Stiften zurückkehren und sie neu setzen.

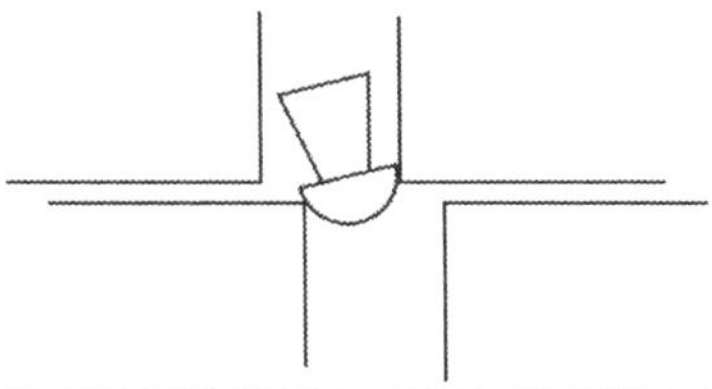

Pilzkopf Stift Bindung

Einige Pilzkopf Stifte sind außerdem noch abgerundet. Dies kann die zusätzliche Sicherheit bieten, die abgerundeten Stiften nachgesagt wird. Sie können auch weitere falsche Sätze verursachen und Sie können eventuell gezwungen sein, sie mehrere Male zu picken, um sie korrekt zu setzen. Ein anderes sehr populäres Modell ist der sogenannte *Spulenstift*. Spulenstifte sind so konstruiert, dass sie ein sehr täuschendes Satz Gefühl vermitteln. Außerdem kann es sehr schwierig sein, ihre Anwesenheit überhaupt zu bemerken, bevor es zu spät ist. Die Seiten dieser Stifte sind so geformt, dass sie an der Scherlinie hängen bleiben. Das Ende der Spulenstifte kann sich am Eingangsloch des Gehäusezylinders verfangen, was es sehr schwer macht, sie hoch zu drücken, während Sie Drehkraft auf den Zylinderkern ausüben.

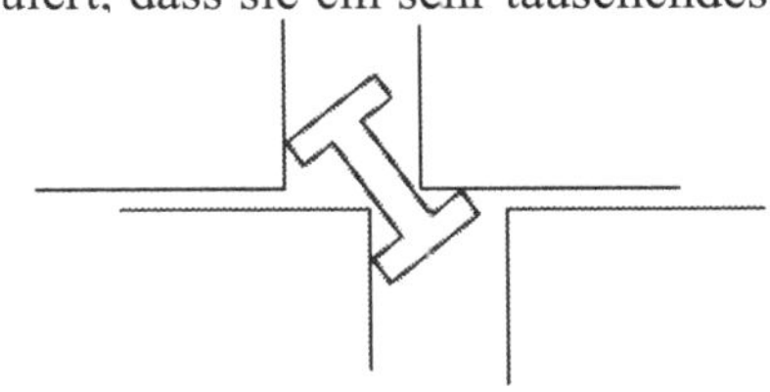

Spulenstift Bindung

Die Hersteller von Schlössern haben auch die Möglichkeit den oberen Teil des Stiftkanals im Zylindergehäuse auszuweiten. Dies ermöglicht es dem Stift sich mehr zu verwinkeln und erhöht die Wahrscheinlichkeit, dass er sich verhakt. Hin und wieder werden Sie am Eingang zum Zylindergehäuse Stiftkanal eine Kante oder Hohlrinne antreffen. Dies erleichtert es dem Kopf des modifizierten Stiftes, sich am Eingang des Kanals zu verfangen.

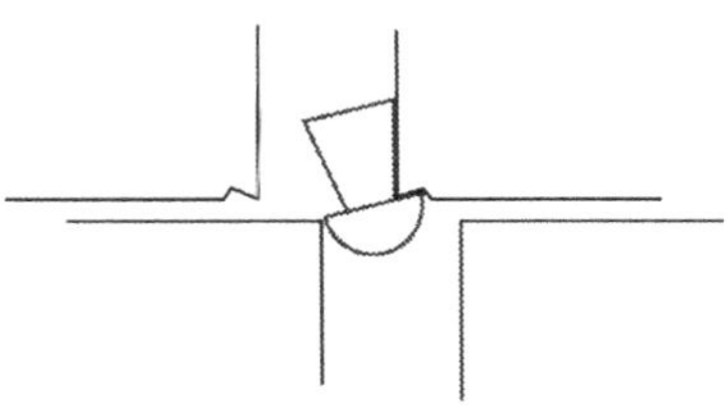

Loch Modifizierung

Gelegentlich haben entweder der Gehäusestift oder der Kernstift einen kleineren Umfang. Dies kann beim Picken zu sehr merkwürdigen Resultaten führen. Wenn zum Beispiel der Kernstift größer ist als der Gehäusestift, kann er mit dem Gehäuse binden, obwohl der Gehäusestift zu klein wäre, um sich am Kern zu verfangen und zu setzen, bis Sie in der Lage sind den Kern weiter zu drehen. Wenn der Kernstift kleiner ist, kann es sein, dass er sich anders verhält, nachdem Sie die Stiftsäule gesetzt haben. In dieser Situation, können Sie manchmal den Kernstift komplett über die Scherlinie und in das Gehäuse schieben. Anstatt auf das Gehäuse aufzustoßen, können Sie den Widerstand der Feder fühlen. Nichtsdestotrotz, wenn Sie Ihren Pick zurückziehen, wird der Gehäusestift wieder an der Scherlinie auf dem Zylinderkern aufliegen.

Ein entscheidender Unterschied zwischen der Öffnung eines Schlosses mit dem dazugehörigen Schlüssel und der Öffnung mit einem Dietrich ist, dass Sie bei letzterem ein Drehmoment auf den Zylinderkern ausüben müssen, während Sie das Schloss picken. Es gibt eine Stiftform, die diese Tatsache ausnutzt und so das Picken unglaublich erschwert. Der *gezackte Stift* zeichnet sich durch viele in die Seiten geschnittene Kerben aus. Die Seiten der Bohrungen in Zylindergehäuse und im Zylinderkern haben einen oder mehrere passende Zähne oder Kanten, die genau in die Kerben des Stiftes passen. Dies fixiert den Stift in seiner Position und hindert Sie daran, ihn auf und ab zu bewegen.

Einige ziehen es vor Schlösser mit modifizierten Stiften *rückwärts* zu *picken*. Dies erreichen Sie, indem Sie zunächst ein sehr starkes Drehmoment ausüben und dabei

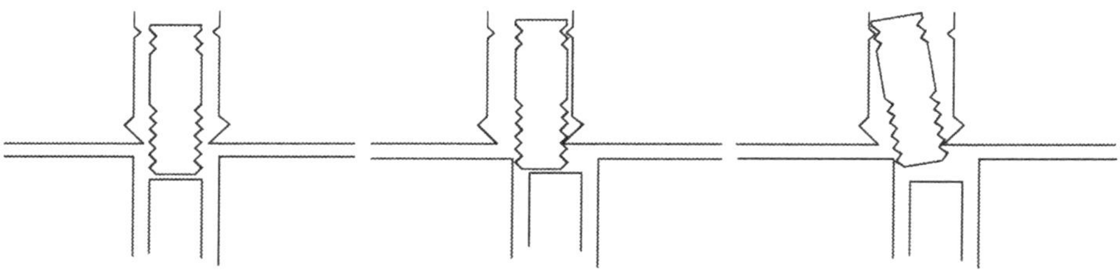

Gezackter Stift | **Bindung unter leichtem Druck** | **Bindung unter starkem Druck**

alle Gehäusestifte über die Scherlinie in den Gehäusezylinder hinein treiben. Sobald dies bewerkstelligt ist, sitzen alle Gehäusestifte sicher im Gehäusezylinder und die Kernstifte werden an der Scherlinie binden. Nehmen Sie jetzt Ihre Harke oder Ihren Dietrich und vibrieren das Werkzeug über jeden einzeln Stift, wobei Sie langsam das Drehmoment reduzieren. Richtig ausgeführt werden sich die Kernstifte dabei von der Scherlinie lösen. Da die modifizierten Gehäusestifte während des gesamten Vorganges sicher im Zylindergehäuse verbleiben, können sie Sie nicht weiter bei der Arbeit stören. Ein Diamant Pick eignet sich am besten für diese Vorgehensweise. Solange die modifizierten Stifte im Gehäuse verbleiben, sollte es relativ einfach sein, anschließend die normalen Stifte zu picken, falls diese zu weit runter gleiten.

Für gewöhnlich werden nur einige der Gehäusestifte durch spezielle hoch sichere Stifte ersetzt. Die erste Stiftsäule verfügt fast nie über solch einen Sicherheitsstift.

Die einzige Ausnahme ist der gezackte Stift, der sich vom Design her für die Anwendung in allen Stiftsäulen eignet. Wenn leichter Druck auf die Stifte eine leichte Rückwärtsdrehung des Zylinderkerns verursacht, haben Sie es sehr wahrscheinlich mit einem modifizierten Sicherheitsstift zu tun. Ein leichtes Drehmoment mit großem Aufwärtsdruck auf die Stifte ist hier die beste Lösung. Da die meisten dieser Designs darauf bauen, dass Sie während des Pickens Drehkraft auf den Zylinderkern ausüben, werden Sie in manchen Fällen feststellen, dass Vibrations- oder Schnapppicken zum Erfolg führt. Sicherheitsstift Zylinder waren einst die exklusive Domain teurer Hochsicherheitszylinder Schlösser, aber mit der Zeit werden Sie immer häufiger auf derartige Schlösser treffen, weil sie sich inzwischen großer Beliebtheit erfreuen. Es ist mittlerweile durchaus wahrscheinlich, dass Sie bei Ihren Reisen vermehrt auf solche Schlösser treffen.

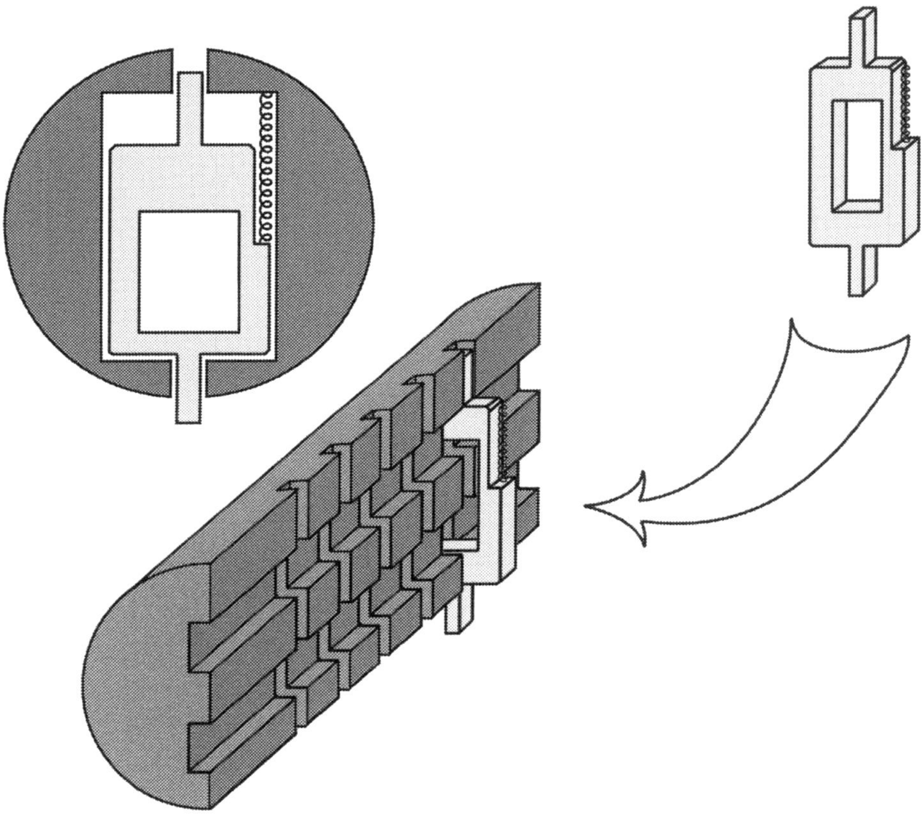

4

Scheiben Schlösser

Scheiben Schlösser

Das sogenannte *Scheiben Schloss* ist häufig in preisgünstigeren Anwendungen anzutreffen, weil sie wesentlich günstiger in Herstellung sind als beispielsweise Stiftschlösser. Zuerst am Ende des neunzehnten Jahrhunderts auftauchend, können diese Schlösser heute in Schreibtischen, Aktenschränken, Autotüren, Fenstern, älteren Verkaufsautomaten und an Feueralarm Kästen gefunden werden. Sie sind vom Aufbau her ganz ähnlich wie Stiftschlösser, außer das Scheiben, anstatt runder Stifte verwendet werden. Wenn Sie wollen, können Sie dieses Kapitel eigentlich im Großen und Ganzen ignorieren und einfach die bisher gelernten Techniken anwenden. Es herrscht allgemeine Übereinstimmung das vergleichbare Scheibenschlösser leichter zu öffnen sind als Ihr Stiftschloss Equivalent.

Von außen sehen Scheiben Schlösser nahezu genauso aus wie Stift Schlösser und die dazugehörigen Schlüssel sehen fast identisch aus. Das entscheidende Merkmal, das sie unterscheidet ist, dass Scheiben Schlösser eben Scheiben haben und nicht Stifte. Wenn Sie in das Schlüsselloch schauen, werden Sie breite, flache Scheiben, anstatt runder Stifte entdecken. Die internen Mechanismen eines Scheiben Schlosses unterscheiden sich allerdings ganz erheblich von den Mechanismen des Stift Schlosses.

Bei Scheiben Schlössern werden die einzelnen Scheiben im Zylinderkern angehoben und runter gedrückt. Wenn die Scheiben aufwärts bewegt werden, reichen sie über den oberen Rand des Zylinderkerns hinaus, passen sich in eine Kerbe im Zylindergehäuse ein und schließen somit das Schloss. Wenn die Scheiben abwärts bewegt werden, reichen sie aus dem Boden des Zylinderkerns heraus und schließen so ebenfalls das Schloss. Die Scheiben sind alle unterschiedlich zugeschnitten, so dass jede von Ihnen auf eine andere Höhe gebracht werden muss, um nicht aus dem Kern hervorzuragen. Sobald keine der Scheiben mehr aus dem Kern hervorragt, kann der Zylinder frei gedreht und aufgeschlossen werden.

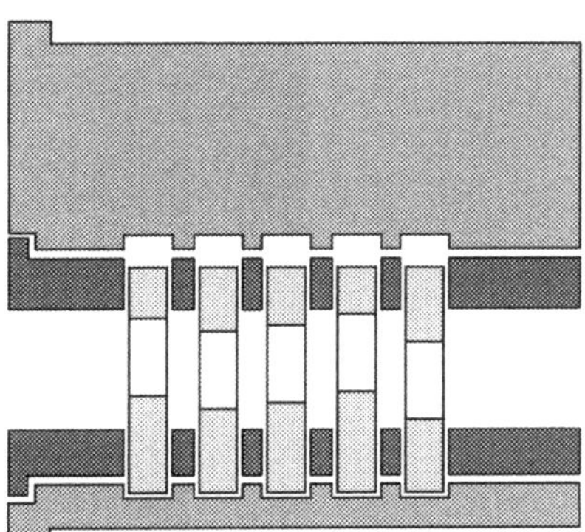

Seitenansicht eines Scheiben Schlosses

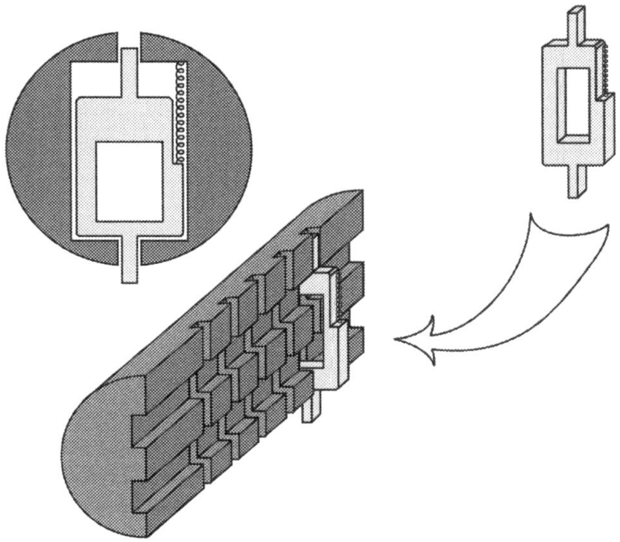

Aufschnitt Ansicht eines Scheiben Schlosses

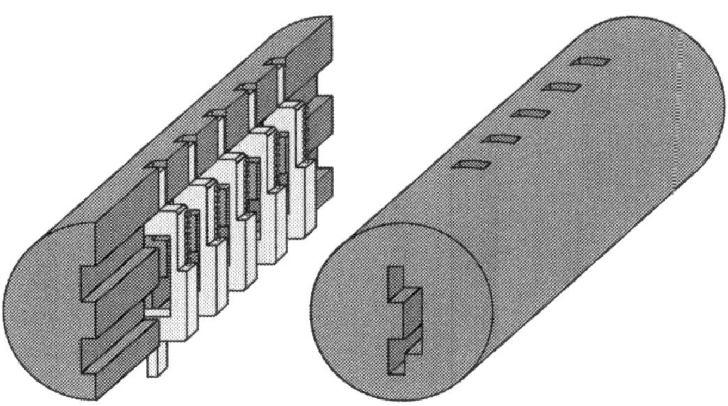

Aufschnitt Ansicht eines Zylinderkerns

Doppel-Scheibenschloss

In dem Bestreben, die Sicherheit zu erhöhen, haben die Hersteller das Doppel-Scheibenschloss entwickelt. Viele Autoschlösser sind Doppel-Scheibenschlösser. Sie können auch an Türknöpfen, Verkaufsautomaten, Büromöbeln und wo immer sonst eine bessere Sicherheit als die, die ein einfaches Scheibenschloss bietet, angetroffen werden. Man kann sie leicht an ihren Schlüsseln, die auf beiden Seiten Kerben aufweisen und beidseitig eingeschoben werden können, erkennen. Die Scheiben haben alternierende Federn, von denen einige aufwärts gedrückt werden müssen und andere abwärts.

Bei diesen Schlössern wird sich Ihr Satz von doppelseitigen Picks als sehr hilfreich erweisen. Sie können einige Scheiben aufwärts schieben und können dann ganz einfach andere Scheiben abwärts drücken, ohne den Pick aus dem Schloss ziehen, umdrehen und wieder einschieben zu müssen. Die hier gezeigten doppelseitigen Picks funktionieren auch sehr gut bei einigen Marken von doppelseitigen Schlössern.

Der spezielle Klauenspanner, der hier gezeigt wird, ist für gewöhnlich in den meisten Pick Sätzen mit enthalten und ist speziell für doppelseitige Schlösser entworfen. Der Klauenspanner wird in Kombination mit den in Kapitel 2 illustrierten doppelseitigen Picks verwendet. Er erlaubt Ihnen den Zylinderkern zu drehen und den Pick in die Mitte des Schließkanals einzuführen. Diese Kombination gewährt Ihnen einen leichteren Zugang zu sowohl den oberen als auch den unteren Scheiben.

Wenn Sie bereits gelernt haben, wie man Stiftschlösser und Scheibenschlösser öffnet, werden Sie doppelseitige Schlösser als natürliche Erweiterung dessen empfinden, was Sie bereits wissen.

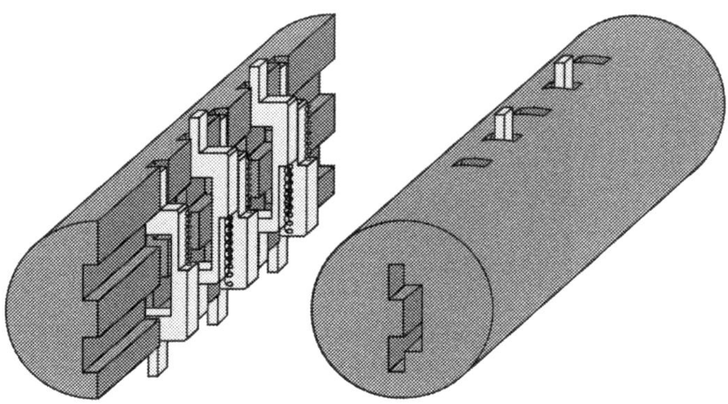

Aufschnitt eines Zylinderkerns mit alternierenden Scheiben

Zusätzliche doppelseitige Picks

Klauenspanner für doppelseitige Schlösser

Stapel-Scheibenschlösser erhöhen die Sicherheit durch die Verwendung einer hohen Anzahl von Scheiben. In einigen Fällen trifft man auf mehr als zehn Scheiben in einem einzigen Schloss.

Seitenstangen Scheibenschlösser, auch Sperrleisten Scheibenschlösser genannt, erhöhen die Sicherheit des Schlosses noch einen Grad, indem sie eine Stange verwenden, die nur in die korrekte Position fällt, wenn alle Scheiben korrekt ausgerichtet sind. Dies macht es sehr schwer, die Scheiben einzeln zu setzen. Das Öffnen eines solchen Schlosses erfordert im Allgemeinen, dass Sie Kraft auf die Seitenstange ausüben, um sie in den Zylinder zu treiben. Dies ermöglicht Ihnen die Scheiben zu binden und an ihrem Platz zu fixieren, sobald sie gesetzt sind.

Scheibenschlösser öffnen

Wenn Sie Scheibenschlösser öffnen, können Sie die gleichen Techniken anwenden, die Sie auch schon bei den Stiftschlössern angewendet haben. Wegen des inneren Aufbaus der Schlösser gibt es einige Werkzeuge, die speziell für Scheibenschlösser entwickelt wurden. Ein solches Werkzeug ist der *Jiggler* oder *Versuchsschlüssel*. Ein Sperrtechniker wird vermutlich eine ganze Sammlung solcher Schlüssel haben, die im Grunde nur Metallteile sind, die richtigen Schlüsseln im weitesten Sinne ähneln. Sie unterscheiden sich erheblich in ihren Formen, so dass, falls einer nicht funktioniert, der nächste durchaus zum Erfolg führen kann. Sie können einen Satz Jiggler für eine jede spezielle Art Schloss erwerben.

Wenn das Schloss eine hohe Toleranz Schwelle hat, kann der Schlüssel auf eine Tiefe halbwegs zwischen zwei offiziellen Höhen zugeschnitten werden und wird im Schloss für beide funktionieren. Dies reduziert die möglichen Schlüssel Kombination ganz erheblich. Tatsächlich konnte man vor 1968 mit einem Satz von 64 Jigglern jedes General Motors Autoschloss öffnen. Das Prinzip ist ganz einfach, stecken Sie Ihren Jiggler Schlüssel in das Schloss und probieren Sie ihn aus. Wackeln Sie ihn ein wenig herum und bewegen ihn auf und ab, wobei Sie versuchen, den Schlüssel mit einem bisschen Kraftaufwand zu drehen. Wenn das nicht funktioniert, gehen Sie einfach zum nächsten Jiggler über. Und wenn der es auch nicht tut, versuchen Sie den nächsten und so weiter. Die Wahrscheinlichkeit eines Erfolges ist sehr unterschiedlich und hängt von der Bauart und Qualität des Schlosses, der Form der Jiggler, der Anzahl der Jiggler, wie Sie sie manipulieren, Ihrer Erfahrung und letztlich vom Glück ab..

Wenn Sie erst mal ein bisschen mehr Erfahrung gesammelt haben, werden Sie feststellen, dass Scheibenschlösser im Allgemeinen einfacher zu öffnen sind als Stiftschlösser. Vergessen Sie aber nicht, dass die Scheiben wesentlich enger an einander liegen können als Stifte. Dies kann es etwas erschweren, einzelne Scheiben anzuheben, ohne die benachbarten Scheiben zu stören. Wenn Sie aber einen Pick verwenden, der leichter von Scheibe zu Scheibe gleiten kann, wird Ihnen das Harken wesentlich leichter fallen.

Jigglers oder Versuchsschlüssel

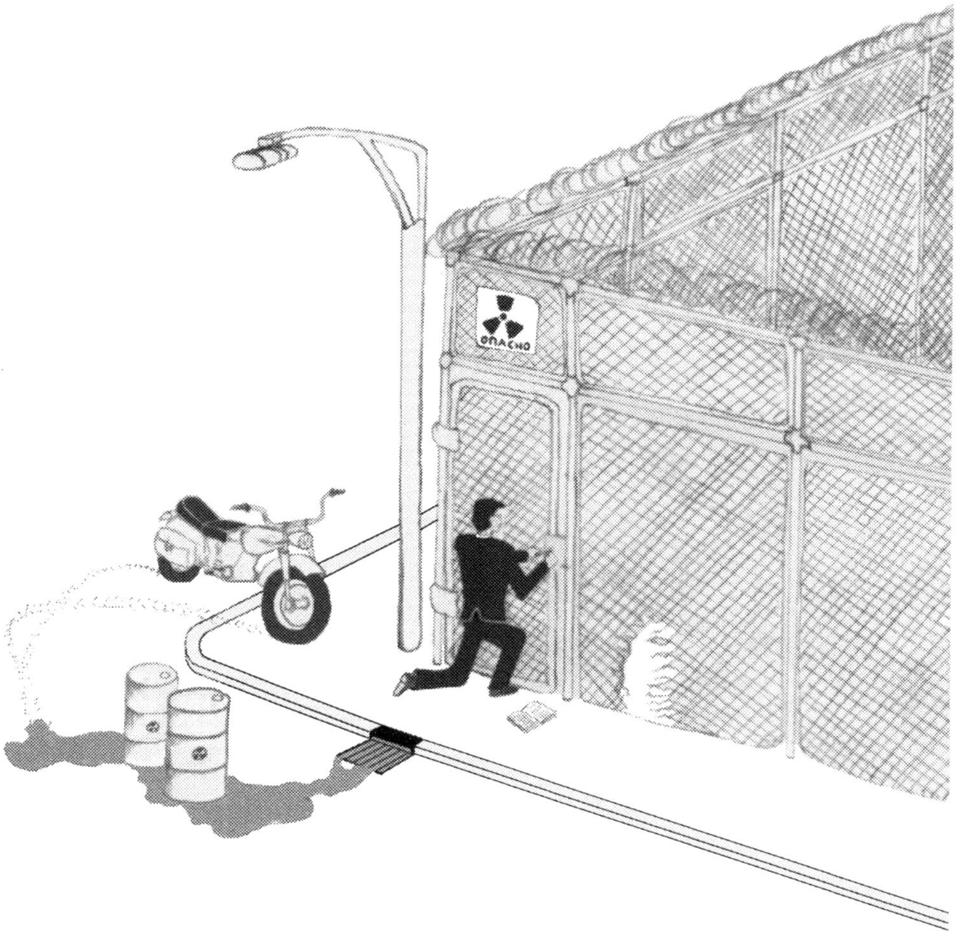
ОПАСНО

5

Schluss-bemerkungen

Schlussbemerkungen

In diesem Buch haben wir die gewöhnlichsten Schlösser besprochen, denen Sie vermutlich begegnen werden. Die meisten heute gebräuchlichen Schlösser sind eines der hier vorgestellten Typen oder leichte Variationen Sie werden allerdings feststellen, dass es diese Schlösser in einer großen Anzahl von Formen und Größen gibt. Mit einem bisschen Übung kann jeder die gebräuchlichsten Schließmechanismen, die Sie an Vorhängeschlössern, Türschlössern, Schreibtischen, Schränken und so weiter finden, bewältigen. Wenn Sie diese Techniken erst mal ausprobiert haben, werden Sie vielleicht Ihr Vertrauen in gewöhnliche Schlösser verlieren. Das Lernen des Schloss Pickens kann Ihnen unter Umständen ein Gefühl der Schutzlosigkeit vermitteln. Das gleiche Wissen kann Sie aber auch beruhigen, denn jetzt haben Sie ein besseres Verständnis von Sicherheitsinstallationen und welches Schloss für Ihre Bedürfnisse und Ihre Situation das richtige ist. Hochsicherheitszylinder können sehr viel Übung und Fingerfertigkeit erfordern. Auch wenn es Ihnen vielleicht niemals möglich sein wird, die besten Schlösser auf dem Markt zu öffnen, sollten Sie trotzdem in der Lage sein, Ihre Fertigkeiten kontinuierlich zu verbessern.

Die Sperrtechnik ist ein sehr altes Handwerk. Seit die ersten Schlösser erfunden und verwendet wurden, musste unsere Gesellschaft auch Leute haben, die diese Schlösser pflegen können. In der Vergangenheit gab es viele mittelalterliche Gilden und andere Sperrtechnik Berufsgruppen, Genossenschaften und andere Verbindungen, die diese Aufgaben übernahmen. Sie haben ihre Geheimnisse streng gehütet, um ihr Wissen auszunutzen und für ihre Dienste teuer bezahlt zu werden. Lehrlinge, Schloss Technologien und Umgehungsmethoden wurden streng überwacht und kontrolliert. Wegen dieser strikten Kontrolle und der fast schon monopolitischen Stellung der Gilden konnte sich die Schließ Technologie nur sehr langsam entwickeln. Obwohl dieses Wissen heute jedem in der Fachpresse zur Verfügung steht, können Sperrtechniker nach wie vor sehr gute Gebühren für ihre Dienste berechnen. Das Informationszeitalter hat zu einer wahren Explosion der zur Verfügungen stehenden Informationen zu diesem Thema geführt. Wenn Sie es vorziehen, online über die Kunst des Schloss Pickens nachzulesen, sollten Sie sehr darauf achten, wo diese Informationen herrühren. Obwohl viele dieser Quellen durchaus unterhaltsam sind, können Sie in machen Fällen fehlleiten oder sogar schlichtweg falsch sein.

Ein Aspekt, der die Jahrtausende überlebt hat, ist das Konzept der Ethik unter professionellen Sperrtechnikern. Es ist am besten, diese Tradition und eine hohe persönliche Integrität zu pflegen. Sperrtechnik ist ein Beruf, der viele verschiedene Fertigkeiten erfordert. Dieses Buch befasst sich ausdrücklich nicht mit vielen wichtigen Aspekten, wie dem Einbau eines Schosses, Schreinerei, Dreherei, Elektronik, Buchhaltung und so weiter... Als Sperrtechniker werden Sie sich auch mit Sicherheitssystemen befassen wollen. Was genau Ihr Spezialgebiet sein wird, ist ganz alleine Ihre Entscheidung. Ihre Motivation ist der einzige einschränkende Faktor für Ihren Erfolg.

Es ist außerordentlich wichtig, dass Sie sich vergewissern, dass Sie die richtige Autorisation oder Genehmigung haben, ein Schloss zu öffnen, bevor sie beginnen es zu picken. Vergewissern Sie sich, dass die Person, die Ihnen die Genehmigung erteilt, ein Schloss zu öffnen, selber überhaupt autorisiert ist, Ihnen diese Genehmigung zu geben. Überprüfen Sie auch die örtlichen Gesetze und Richtlinien, soweit sie Ihre Situation betreffen. Sie dürfen auch nie vergessen, dass man Sie für Schäden haftbar halten kann, die Sie bei dem Versuch das Schloss zu überwinden verursachen. Ihr örtlicher Sperrtechniker kann eine wertvolle Informationsquelle sein.

Wenn Sie sich an ein Schloss machen, sollten Sie Ihr Ego vergessen und keinesfalls versuchen, sich zu produzieren. Versuchen Sie nicht, dass Schloss zu bekämpfen, versuchen Sie stattdessen mit dem Schloss zu arbeiten. Es ist absolut entscheidend, dass Sie Geduld lernen und beherrschen. Wenn Sie Ihre Geduld verlieren, werden Sie wenig Aussicht auf Erfolg haben. Nehmen Sie sich Zeit, lassen Sie sich nicht hetzen und achten Sie darauf, was Ihnen das Schloss zu sagen versucht. Das mag jetzt überflüssig klingen, aber Sie befassen sich mit kleinsten Objekten, die auf engste Toleranzen gearbeitet sind und Sie müssen minimalste, kaum bemerkbare Distanzen überwinden. Sie müssen alle Ihre Sinne komplett darauf konzentrieren, was das Schloss Ihnen sagt. Mit Geduld und Übung können auch Sie ein meisterhafter Sperrtechniker werden.

Glossar

999 Schlüssel– siehe ***Prall Schlüssel***

Abdruck Methode – Eine Methode bei der ein neuer Schlüssel gefertigt wird, ohne zu wissen, wie der Original Schlüssel beschaffen ist.

Abstandhalter– siehe ***Trennstift***

Antipick Riegel – Diese Riegel findet man vielfach an Türschlössern, die ohne Schlüssel geöffnet werden können. Es handelt sich dabei um einen sekundären, kleineren Riegel, der neben dem größeren Hauptriegel sitzt. Der Hauptriegel ragt aus der Tür heraus und hält die Tür geschlossen. Wenn der sekundäre Riegel betätigt wird, während die Tür geschlossen ist, verhindert er mechanisch, dass der Hauptriegel in die Tür zurückgeschoben werden kann. Da der Hauptriegel nicht einfach zurückgeschoben werden kann, dient der Antipick Riegel dazu das Shimming zu unterbinden.

Aufbaustifte - siehe ***Trennstifte*** oder ***Abstandhalter***

Aushebetiefe – Die Höhe der Erhebung am Schlüssel.

Auslauf oder Aushebe Position – Die Position einer Erhebung oder Kerbe auf dem Schlüssel.

Auslauf und Aushebe Flächen – Die Konfiguration der Erhebungen und Kerben im Schlüssel, die so zugeschnitten werden, dass sie dem Schlossprofil entsprechen.

Auslöser – Im Zusammenhang mit der Schlossöffnung ist ein Auslöser jedes Gerät oder Komponente eines Gerätes, das den Schließmechanismus aktiviert oder deaktiviert.

Bart – Der Teil des Schlüssels, der den Verschlussbolzen aktiviert und/oder tatsächlich Kontakt mit dem Zylinder hat.

Besatzung – Die Stifte, Platten, Scheiben, Hebel oder sonstige Objekte, die zu unterschiedlichen Graden bewegt oder gedreht werden müssen, um ein Schloss zu betätigen. Das Schloss wird sich nur öffnen lassen, wenn die Besatzer im richtigen Grad in die richtige Richtung bewegt worden sind.

Besatzungsschloss – Ein Schloss Design, das Stift Säulen für den Verschluss Mechanismus nutzt. Die Stifte müssen durch die Erhebungen und Kerben am Schlüssel auf die korrekte Höhe angehoben werden, um genau an der Scherlinie getrennt werden zu können, um den Schließ Mechanismus zu betätigen.

Bindung – Tritt auf, wenn das Gehäuse und der Kern den Stift einklemmen und so in seiner Position festhalten.

Bügel – siehe ***Schlossbügel***

Dietrich – Ein Schlüssel für Besatzungsschlösser, der nur über die notwendigsten Teile verfügt, um in das Schloss eingeführt zu werden und den Zylinderkern zu drehen. Es gibt keine extra Erhebungen, die mit den Stiften oder Scheiben in Kontakt treten könnten und somit die Schlüsseldrehung unterbinden könnten. Es handelt sich im engsten Sinne um einen Generalschlüssel für alle Besatzungsschlösser gleicher Bauart.

Dietrich – Ein Werkzeug beliebiger Art, das verwendet werden kann, um ein Schloss ohne den oder die dafür vorgesehenen Schlüssel zu öffnen.

Doppel Schließung – Ein Schloss Design, bei dem zwei unterschiedliche Verschluss Mechanismen verwendet werden, um das Schloss geschlossen zu halten. Beide Mechanismen müssen aufgeschlossen werden, um das Gesamtschloss zu entsperren. Dieses Design trifft man häufig bei Handschellen an.

Doppelseitiges Scheibenschloss – Ein Scheibenschloss, das alternierende Federn hat, die einige Scheiben aufwärts und andere Scheiben abwärts drücken.

Drehmoment – Rotationskraft

Drehmoment Schlüssel – siehe ***Spanner***

Drehwerkzeug – siehe ***Spanner***

Drehzange – siehe ***Spanner***

Einschnitte – siehe ***Kerben***

Elektrische Öffnungspistole – Eine automatische Öffnungspistole.

Endscheibe – Eine Scheibe, die am Ende des Schließkanals angebracht ist. Die Schlüsselspitze muss so geformt sein, dass sie um die Spitze herum bewegt werden kann oder diese Scheibe gänzlich vermeidet.

falsch setzen – Zustand, in dem ein Stift den Eindruck vermittelt korrekt gesetzt zu sein, aber in Wirklichkeit noch die Scherlinie blockiert.

Folge Werkzeug – siehe ***Kernzieher***

Gehäuse – siehe ***Gehäusezylinder***

Gehäuse Scheibe – Teil des Gehäuses, der auch als Scheibe fungiert. Ein Schlüssel muss korrekt geschnitten sein, um dieses Hindernis zu bewältigen.

Gehäuse Schraube – Die Schraube, die die Verkleidung eines Schlosses festhält.

Gehäusestift – Der oberste Stift in einer Stiftsäule, der in das Gehäuse geschoben wird, wenn der Schlüssel in den Schließkanal eingeschoben wird. Der Gehäuse- oder Treiberstift hat direkten Kontakt mit der im Gehäuse befindlichen Feder, die den Stift abwärts in den Zylinderkern treibt.

Gehäusezylinder – Der strukturelle Hauptteil des Schlosses. Der Kernzylinder rotiert innerhalb des Gehäusezylinders.

General Schlüssel – Ein Schlüssel, mit dem man mehrere verschiedene Schlösser öffnen oder schließen kann. Diese Schlösser sind so konstruiert, das sie von mehr als einem spezifischen Schlüssel geöffnet werden können.

Gezackter Stift – Eine Art Sicherheitsstift, der durch die gezackten oder gerillten Seiten des Stiftes ermöglicht, dass sich der Stift an Zähnen innerhalb der Stiftsäulen Bohrungen verfängt. Diese Stift Konfiguration erschwert das Picken erheblich.

Gezackter Treiber – siehe ***Gezackter Stift***

Griff – Der Griff des Schlüssels. Der Teil des Schlüssels, den Sie beim Schließen in ihren Fingern halten.

Haken Pick – Ein Werkzeug, das benutzt wird, um jeden Stift einzeln zu manipulieren.

Hantelstifte – siehe ***Spulenstifte***

Harke – Ein Werkzeug zum Manipulieren von Stiften oder Scheiben, um ein Schloss ohne den dafür vorgesehenen Schlüssel zu öffnen.

Harken – Eine Methode verschiedenste Schlösser durch Manipulation der Stifte oder Scheiben zu öffnen.

Jiggler – siehe ***Versuchsschlüssel***

Kerben – Kerben werden in einen Schlüssel Rohling geschnitten, um den so entstandenen Schlüssel an das zugehörige Schloss anzupassen, um dieses zu benutzen.

Kern – siehe ***Zylinderkern***

Kerndreher – Ein Werkzeug, mit dem man den Kernzylinder schnell drehen kann. Dieses Werkzeug erzeugt ein so rasche Drehung, dass die Gehäusestifte keine Gelegenheit haben, in den Kernzylinder einzudringen.

Kernhalter – Ein Werkzeug, das dazu dient, einen Kernzylinder für Wartungsarbeiten sicher zu halten.

Kernstift – Der untere Stift in einer Stift Säule, der direkten Kontakt mit dem Schlüssel hat. Die Kernstifte sind auf verschiedene Höhen geschnitten, um die Kerben im Schlüssel auszufüllen.

Kernzieher – Ein Werkzeug, das benutzt wird, um den Kernzylinder aus dem Gehäusezylinder herauszudrücken. Das Werkzeug füllt den geschaffenen Hohlraum komplett aus und gewährleistet somit, dass die Gehäusestifte und Federn im Kerngehäuse verbleiben.

Kernzylinder – Der innere Zylinder eines Schlosses. Der Teil des Schlosses, der sich dreht, wenn der Schlüssel gedreht wird. Bei vielen Schlössern kann man den Kernzylinder für die Beschlüsselung entfernen.

Klinge– Der Teil des Schlüssels, auf dem die Erhebungen und Kerben zu finden sind.

Linus Yale – Der Erfinder des modernen Stift Zylinder Schlosses.

Multi-Scheiben Schloss – Ein Scheiben Schloss, das eine hohe Anzahl von einzelnen Scheiben hat, vielfach mehr als 10.

Nacken – Der lange Teil eines Schlüssels zwischen dem Griff und dem Bart.

Nackter Schlüssel – siehe ***Dietrich***

Neu-Beschlüsselung eines Schlosses – Durchtausch oder Ersatz von Stiften unterschiedlicher Höhe, so dass sich ein anderes Arrangement für die Kerben und Erhebungen am Schlüssel ergibt, um das Schloss zu betätigen.

Notschlüssel– siehe ***Prall Schlüssel***

Oberer Stift – siehe ***Gehäusestift***

Partnerschloss – Ein Schloss, dass zwei verschiedene Schlüssel, die gleichzeitig benutzt werden, erfordert. Nur ein Schlüssel allein wird nicht funktionieren.

Perkussionspistole - Ein manuell betätigtes Werkzeug mit dem man ohne großen Aufwand oder große Fertigkeiten ein Stiftschloss öffnen kann.

Pick – siehe ***Dietrich***

Pick Pistole – siehe ***Perkussionspistole***

Pilzkopf Stift – Ein Hochsicherheitsstift, der gefertigt wird, um das Picken zu erschweren, indem solch ein Stift leichter falsch setzt.

Pilzkopf Treiber– siehe ***Pilzkopf Stift***

Prallschlüssel – Ein speziell gefertigter Schlüssel, bei dem alle Kerben so tief wie möglich geschnitten sind. Alles was vom eigentlichen Schlüssel verbleibt ist eine „nackte" Rampe für jeden einzelnen Stift. Wenn der Prallschlüssel im Schloss rasch hin und her bewegt wird, springen die Pins so in die Höhe, dass sie im Idealfall alle gleichzeitig setzen.

Riegel – Der Bolzen, der aus dem Schloss herausragt und in den Türrahmen oder andere Haltevorrichtung geschoben wird, um das Schloss zu schließen.

Rohling – Ein Schlüssel, der noch nicht zugeschnitten ist, um in ein bestimmtes Schloss zu passen..

Rückwärts Picken **–** siehe ***Umkehr Picken*** – Eine Methode des Pickens, bei der alle Gehäusestifte aufwärts über die Scherlinie geschoben werden. Die Stiftsäulen werden anschließend geharkt und derart manipuliert, dass die Kernstifte unter die Scherlinie fallen.

Saubere Öffnung – Die Kunst ein Schloss so zu picken, dass es weder beschädigt wird noch Gewaltanwendung erfordert.

Scheibenschloss – Ein Besatzungsschloss bei dem Scheiben anstatt von Stiften verwendet werden. Im Schloss befinden sich viel parallele Scheiben, die mit den korrespondierenden Einschnitten im Schlüssel ausgerichtet werden müssen. Die Scheiben bewegen sich relativ zu der Höhe der Erhebungen, bzw. Tiefe der Einschnitte im Schlüssel. Nur Erhebungen mit der korrekten Höhe werden die Scheiben korrekt bewegen und eine Drehung des Zylinderkerns erlauben.

Scherlinie – Die Trennungslinie, bzw. der Zwischenraum, zwischen dem Zylindergehäuse und dem Zylinderkern eines Schlosses. Wenn Stifte, Scheiben oder andere Hindernisse sich auf der Scherlinie befinden, ist es unmöglich, den Zylinderkern zu drehen, d.h. das Schloss zu öffnen oder zu schließen. Wenn die Scherlinie frei von jeglichen Hindernissen ist, kann das Schloss geöffnet werden.

Schlag Picken – Diese Methode erfordert, dass alle Kernstifte gleichzeitig angeschlagen werden. Die angeschlagenen Kernstifte übermitteln das Schlagmoment an die Gehäusestifte und lässt diese über die Scherlinie in das Gehäuse fliegen. In dem Moment kann der Zylinder gedreht und das Schloss geöffnet werden.

Schlagplatte - Für gewöhnlich eine Platte aus Metall, die am Türrahmen oder sonstigem Objekt befestigt wird. Der Riegel des Schlosses ist so gefertigt, dass er in die Aussparung in der Schlagplatte passt, um das Schloss geschlossen zu halten.

Schließkanal – Die Öffnung im Schloss, in die man den Schlüssel einsteckt.

Schloss – Eine Vorrichtung die dazu dient, unautorisierten Zugang ohne dafür vorgesehenen Schlüssel, Code, Gerät, Biometrik oder sonstige Methode der Authentifizierung, zu unterbinden.

Schloss Bolzen – Ein Bolzen der weder abgeschrägt noch federgeladen ist. Er kann nur durch direktes Schließen des Schlosses betätigt werden.

Schloss Umgehung – Öffnung eines Schlosses ohne Betätigung des eigentlich Schließ Mechanismus.

Schlossbügel – Die Metallschlaufe eines Vorhängeschlosses, die an Ketten, Toren, oder sonstigen zu sichernden Gegenständen angebracht werden kann.

Schlüssel – Ein Gerät, mit dem man ein spezifisches Schloss öffnen kann.

Schlüssel Extraktor – Ein Werkzeug, mit dem man abgebrochene Schlüssel Fragmente oder sonstige Fremdkörper aus dem Schlüsselkanal entfernen kann.

Schlüssel Rohling – siehe ***Rohling***

Schlüssel Stift – siehe ***Gehäuse Stift***

Schlüsselloch – siehe ***Schließkanal***

Schnapppistole – siehe ***Pick Pistole***

Schräge – Eine abgeschrägte Kante. So haben beispielsweise federgeladene Riegel eine abgeschrägte Kante um zu gewährleisten, dass sie geschlossen werden können ohne das Schloss aufzuschließen. Stiftkanäle können ebenfalls abgeschrägt sein, um zu ermöglichen, dass Stifte falsch setzen.

Schrubben – siehe ***Harken***

Schulter – Der Teil des Schlüssels der außerhalb des Schlosses auf dem Schlüsselkanal aufliegt, wenn der Schlüssel vollständig in das Schloss eingeführt ist.

Schutzplatte – siehe ***Schlagplatte***

Schwanzstück – Eine Art Hebel, der physikalisch am Ende des Zylinderkerns angebracht ist und dazu dient den eigentlich Verschlussbolzen oder Riegel zu bewegen.

schwebender Stift – Ein Stift der sich frei auf und ab bewegen kann.

Seitenstangen Scheiben Schloss – Ein Scheibenschloss, bei dem eine Stange integriert ist, die nur in die richtige Position fällt und somit eine Drehung des Zylinderkerns erlaubt, wenn alle Scheiben korrekt ausgerichtet sind. Siehe auch: ***Sperrleiste***

Shimmen – Das Öffnen eines Schlosses durch das direkte Bewegen des Bolzens oder Riegels. Diese Methode des Öffnens umgeht die Manipulation der Stifte, Scheiben oder sonstiger Schließmechanismen.

Sicherheitsstifte – Stifte die zu dem Zweck hergestellt werden, das Picken erheblich zu erschweren.

Spanner – Ein Werkzeug, das in den Schließkanal eingeführt wird, um Drehkraft auf den Zylinderkern auszuüben.

Spannschlüssel– siehe ***Spanner***

Spannzange– siehe ***Spanner***

Sperrleisten - Sperrleisten sind im Zylinderkern eingelassene, axiale Leisten, die durch besondere Ausbildung der Stiftzuhaltungen betätigt werden und die beim richtigen Schlüssel die Freigabe der Drehung des Zylinderkerns zulassen.

Spitze – Das Ende des Werkzeugs oder Schlüssel, das zuerst in den Schließkanal eintritt. Im Falle von Picks oder Harken ist es der Teil, der tatsächlich mit den Stiften in Kontakt kommt und diese manipuliert.

Spulenstift – Ein Sicherheitsstift, bei dem das obere und das untere Ende dicker sind als die Mitte. Er dient dazu leichter falsch zu setzen, um das Picken eines solchen Stiftes zu erschweren.

Spulentreiber– siehe ***Spulenstift***

Stiel – Der Teil des Schlüssels oder Dietrichs, der normalerweise ein langes dünnes Stück Metall ist, das den Handgriff mit der funktionellen Spitze verbindet.

Stift – Zylindrisch geformte Metallteile, die sich in einem Schloss befinden und als Hindernisse dienen. Wenn diese Stifte nicht auf die korrekte Höhe angehoben werden, verhindern Sie, dass der Zylinderkern gedreht werden kann, d.h. sie verhindern, dass das Schloss geöffnet werden kann.

Stift brechen – siehe ***Stift setzen***

Stift Säule – Der Stapel aus Gehäusestift, Trennstift und Kernstift, der in den Säulenbohrungen des Stift Zylinder Schlosses auf und ab bewegt wird.

Stift setzen – Die Stiftsäulen so manipulieren, dass der Zwischenraum zwischen Gehäusestift und Kernstift (gegebenenfalls auch Trennstift) genau auf der Scherlinie liegt. Wenn ein Stift gesetzt ist, wird er den Zylinderkern nicht mehr daran hindern können, gedreht zu werden.

Stift Stapel – siehe ***Stift Säule***

Stift Zylinder Schloss –siehe ***Besatzungsschloss***

***Taumelstift* -** Hierunter versteht man lose, in den Kernstift eingelassene, pilzförmige Stiftteile, welche beim Nachschließen das Abtasten und das Durchdrücken in den Schließkanal durch seitliches Abkippen erschweren.

Toter Riegel – siehe ***Antipick Riegel***

Toter Stift – Ein vollständig fixierter Stift anstatt eines normalen beweglichen Stiftes. Sein Zweck ist falsche Schlüssel oder Öffnungswerkzeuge daran zu hindern im Schließkanal benutzt zu werden.

Treiber Feder – Eine Feder am oberen Ende der Stiftsäule, die die Stifte abwärts in den Schließkanal drückt.

Treiber Stift – siehe ***Gehäuse Stift***

Trennscheibe – siehe ***Trennstift***

Trennstift – Ein Stift der sich zwischen dem Gehäuse Stift und dem Kernstift befindet. Der Trennstift schafft mehr Scherlinien Kombinationen, was zur Folge hat, dass das Schloss mit mehr als nur einem spezifischen Schlüssel geöffnet werden kann.

Trennungsebene – siehe ***Scherlinie***

Umgehungsöffnung – Eine Methode ein Schloss zu öffnen, bei der man den eigentlich Schließ Mechanismus umgeht und den Verschlussbolzen direkt manipuliert.

Umkehr Picken – Eine Art des Pickens, bei der alle Gehäusestifte über die Scherlinie in das Gehäuse geschoben werden. Die Stiftsäulen werden dann geharkt und so manipuliert, dass die Kernstifte über die Scherlinie zurück in den Kernzylinder fallen.

Unterer Stift – siehe ***Kern Stift***

Verschluss Bolzen – Der Bolzen, der direkt durch die Drehbewegung des Kernzylinders aktiviert wird, wenn das Schloss auf- oder abgeschlossen wird.

Versuchsschlüssel – Ein Schlüssel, der auf ein Minimum reduziert ist und somit eine große Zahl von Schlössern einer bestimmten Bauart öffnet.

Vibrationsöffnung – Eine Methode ein Schloss zu öffnen, bei der die Stifte auf und ab vibriert werden, bis die Scherlinie freigegeben wird und das Schloss sich öffnen lässt.

Vorhängeschloss – Ein tragbares Schloss mit einem Bügel oder ähnlichem Haltemechanismus, der an einem Objekt befestigt werden kann, um dieses zu sichern.

Wächter – Ein Hindernis, dass die Einführung eines falschen Schlüssels, die Drehung des Zylinderkerns oder sonstige Bewegungen im Schloss unterbindet.

Wechsel – Die Anzahl der Schlüsselarten, die eine bestimmte Schlossart unterscheiden kann.

Zacken Stift – siehe ***Gezackter Stift***

Zacken Treiber – siehe ***Gezackter Stift***

Zylinderkammer – Die Bohrung im Zylindergehäuse in die der Kernzylinder eingepasst wird.

Rechtliche Hinweise

Es unterliegt der VERANTWORTUNG DES KÄUFERS (nicht Standard Publications, Inc.) sich über alle anwendbaren örtlichen, Landes- und Bundesgesetze und Richtlinien in Kenntnis zu setzen und diese zu beachten, soweit es den Besitz und die Nutzung eines Gegenstandes oder einer Idee betrifft, die hierin aufgeführt sind. Sie sollten Ihren Rechtsbeistand konsultieren, soweit es kommunale, Landes- und Bundesgesetze betrifft, bevor Sie irgendwelche Schritte vornehmen. Standard Publications, Inc. ist nicht verantwortlich für Ihre Aktivitäten. Dieses Produkt dient ausschließlich Informations- und Bildungszwecken, und sollte für legale Zwecke verwendet werden. Standard Publications, Inc. übernimmt keinerlei Haftung in Zusammenhang mit diesem Produkt. Standard Publications, Inc. bietet dies Produkt „wie besehen" an und übernimmt keinerlei Garantien jedweder Art, weder ausdrücklich noch impliziert, einschließlich, aber nicht darauf begrenzt, der Garantien der Handelbarkeit und Angemessenheit für einen bestimmten Zweck. Das gesamte Risiko, das sich aus Qualität und Genauigkeit dieses Produktes ergibt, liegt bei Ihnen. Sollten sich irgendwelche Schäden ergeben, so tragen Sie die erforderlichen Instandhaltungs-, Reparatur- oder Nachbesserungskosten.

Auf gar keinen Fall, ausser wenn dies ausdrücklich gesetzlich vorgeschrieben oder schriftlich vereinbart ist, übernimmt der Urheberrechte Halter, Übersetzer, Verleger oder Händler eine Haftung für Schäden, einschliesslich jeglicher allgemeiner, spezieller, zufälliger oder resultierender Schäden, die sich aus der Anwendung oder der Unfähigkeit der Anwendung dieses Produkts ergeben, selbst wenn der Rechteinhaber oder Dritte auf die Möglichkeit solcher Schäden hingewiesen worden sind.

www.ingramcontent.com/pod-product-compliance
Ingram Content Group UK Ltd.
Pitfield, Milton Keynes, MK11 3LW, UK
UKHW031928260826
14628UKWH00003B/1493